LOCUS

LOCUS

LOCUS

LOCUS

RECREATION

R 96
迷宮城堡 *Le Songe de l'Astronome*

作者：提耶利・布爾西（Thierry Bourcy）
法蘭斯瓦—亨利・蘇利耶（François-Henri Soulié）
譯者：陳太乙
責任編輯：翁淑靜　封面設計：呂瑋嘉
校對：陳錦輝
法律顧問：董安丹律師、顧慕堯律師
出版者：大塊文化出版股份有限公司
台北市10550南京東路四段25號11樓
www.locuspublishing.com

讀者服務專線：0800-006689
TEL：(02) 87123898　FAX：(02) 87123897
郵撥帳號：18955675　戶名：大塊文化出版股份有限公司

總經銷：大和書報圖書股份有限公司　地址：新北市新莊區五工五路2號
TEL：(02) 89902588　　FAX：(02) 22901658
排版：洪素貞 製版：瑞豐實業股份有限公司
初版一刷：2019年6月

定價：新台幣380元
Printed in Taiwan

迷宮城堡 / 提耶利.布爾西(Thierry Bourcy), 法蘭斯瓦-亨利.蘇利耶(François-Henri Soulié)著 ; 陳太乙譯. -- 初版. -- 臺北市 : 大塊文化, 2019.06
面；　公分. -- (R ; 96)
譯自 : Le Songe de l'Astronome
ISBN 978-986-213-978-3(平裝)

876.57　　108005720

迷宮城堡

Le Songe de l'Astronome

作者｜ 提耶利　布爾西 (Thierry Bourcy)
法蘭斯瓦—亨利　蘇利耶 (François-Henri Soulié)
譯者｜ 陳太乙

【導讀】

歷史謎案的揭密、改寫與樂趣：丹麥天文學家第谷．布拉赫的殞落

◎余小芳

第谷．布拉赫（Tycho Brahe, 1546~1601）出身貴族，是丹麥皇室的天文學家、占星術士和煉金術師。一六〇一年，第谷小解伴隨膀胱疼痛，出席宴會後昏迷，終於十月二十四日撒手人寰。對於他的死因，當代和後世有不同的歸因，而《迷宮城堡》正是以第谷．布拉赫的離奇辭世為主軸，進而發想的故事。

歸屬推理文學的分類，其中，名為「歷史推理」（Historical mystery）的子類型，意指「解開歷史事件真相、揭示歷史上的地理疑案或生活謎案為主題的推理小說」，其解密範圍極廣，可能牽涉歷史學、考古學、民族學等論述考據。原本推理小說中以偵探為解開謎團的推進者，在歷史推理中，創作者本身也是解謎者，有時可能會翻案，推論結果與現實世界不

同。

如何設定小說的背景才能符合「歷史推理」的特徵和要件？首先，無論主角處於哪個時空當中，他面對的謎團或事件位於其所處時空的「過去的某一個年代」。再者，某一個年代所指涉的過去、古代或歷史，近至數十年前，遠至上古時代等等，都是可以詳加考察的對象。謎團非憑空杜撰和捏造，而是歷史上曾發生過的事件，比如正式史書或史料記載、口耳相傳的歷史軼事或傳說，或有各式證據或遺跡可供考據。最後，由於歷史已遠走，作者提供的解決方式和真相，不會是唯一的解答，而是眾多可能的答案的其中一種。

現代由於警方及法醫蒐證與化驗技術日新月異，歷史推理的優點亦能別於擁有發達科技和知識的現代，將背景移至過去古代，開闢可行且趣味的創作之路。其表現的形式有數種：

現代人解決古代案件：指的是運用現有的史料考證過去未解的歷史謎案，從中探尋真相的過程。代表作為約瑟芬．鐵伊的《時間的女兒》，其替英國史上惡名昭彰的理查三世翻案；她的《法蘭柴思事件》更是根據十八世紀一樁真實故事改編而成，內容為女傭控告雇主拘禁和虐待所引發的輿論事件。至於島田莊司《俄羅斯幽靈軍艦之謎》則是解開巨大軍艦駛入山中湖的照片真相，以及安娜斯塔西亞公主的生死之謎。

另外，隨著鑑識科學的發達，運用當代科技及科學技術重新考察歷史懸案，派翠西亞·康薇爾《開膛手傑克結案報告》可為一例。它以二十一世紀的技術重新檢視當年的資料與信件等，並以罪犯因先天疾病透過手術治療而產生不良的終生影響為切入觀點，慢慢敘寫其人生以及罪行，為十九世紀末駭人聽聞的開膛手傑克身分提供解答。

當代人在當代辦案，泛指非現在的古代：廣義的歷史推理包含「時代推理」在內，指「以過去某一時代為背景的推理小說」，人物及時空皆在過去的時代，該時代的風俗文化、規約制度、科學技術等與現代有明顯區別。

荷蘭外交官高羅佩書寫大唐名相狄仁傑案件、知名推理作家阿嘉莎·克莉絲蒂《死亡終局》背景位於古埃及、海渡英祐《柏林1888》設定於十九世紀末德國，以及森雅裕《莫札特不唱搖籃曲》採納奧地利的歷史，置入約瑟夫二世與莫札特之死的歷史懸案，並起用貝多芬為書中偵探。上述皆是對此題材的好奇和挑戰。以日本江戶時代為背景的時代推理小說，代表作有宮部美幸的作品《本所深川不可思議草紙》、《糊塗蟲》等，與岡本綺堂的「半七捕物帳」系列。再者以台灣早年民間傳說為基礎，唐墨《清藏住持時代推理：當和尚買了髮簪》亦是箇中翹楚。

現代人回到過去辦案，有時和科幻推理結合：借用科幻小說或怪奇技術寫成，讓重要角色透過奇異的方式，從現代「穿越」至古代某一個時空，體驗該時空的社會氛圍、歷經與事件相關的冒險犯難過程，提供真相後再回到生存的年代。這類作品中，「密室之王」約翰·狄克森·卡爾後期嘗試在邏輯推理的主軸以外，創作時光旅行的奇情小說。至於宮部美幸的《蒲生邸事件》，少年被時空旅人帶至半世紀前的二二六事件的年代，逃過火劫，是融合科幻、推理、歷史和人物成長的優異小說。

本書屬於第二種，為當代人在當代辦案的類型，故事融入史實，例如第谷在一場決鬥中失去鼻子、其助手為約翰尼斯·克卜勒（Johannes Kepler）、喬丹諾·布魯諾（Giordano Bruno）死於羅馬宗教法庭的火刑等。情節以解開布拉格宮殿內的天文學家之死為主線，描摹國情態勢拉鋸、宮殿情色祕史及人物錯綜複雜的關係。

丹麥天文學家第谷·布拉赫在豪華晚宴後殞落引發軒然大波，哈布斯堡王朝的神聖羅馬帝國陛下魯道夫二世下令緝凶，偵探由禁衛隊長擔任，嫌疑犯計有貴族名流、藝術家、思想家、御醫、宗教人士等。作者在藏有祕道隱巷、宛若密室的綺麗宮廷之中，安排偵探如何爬梳心思各異的犯罪動機，於人心和建築交織的迷宮裡，揭開華麗奇美的謀殺案，並且讓它落幕。全書文字考究、用詞典雅，背景有著文藝復興時代的迷離、宗教勢力的流動，也有天文觀測和學派的競合，既飄散舊時代的況味，亦有科學進展和運行的軌跡。

（撰文者為暨南大學推理同好會指導老師、台灣推理作家協會理事兼年輕學子委員會主委）

「丹麥將有惡事發生……」

——莎士比亞，《哈姆雷特》

序曲（一五七六年七月十八日）

當月光灑下，照亮烏拉尼堡高聳的護城牆，兩個孩子猶豫了一下。通往小海灣的路正好位於牆腳，他們想去那裡放置捕魚簍，但這條路明文規定禁止通行。第谷．布拉赫，丹麥國王弗雷德里克二世冊封的新島主，在島上實施鐵腕統治，賦稅加倍，他的衛隊天天向人民勒索。一片雲讓亮光又稍微昏暗下來，兩個孩子安心了些。女孩率先走進小路。她身強體壯，又瘦又高，簡直像個錯投女胎的男孩，身上穿著一件樣式簡單的粗羊毛長裙，蓋住光裸的小腿。她的弟弟緊跟在後。他的身形薄弱得多，不太有自信，縮在一件過大的短大衣裡；他溜進姊姊的影子裡，彷彿想用黑影來掩護自己。若有一個迷信的旅人，撞見他們這樣，鬼鬼祟祟地，一個在前一個在後，可能會以為看見一位小仙女帶著一隻汶島居民稱為克里貝的小妖精。那種妖精搗蛋起來手下不留情，令人們退避三舍。城牆太高，看不到宮殿最高處那座奇怪的圓頂。第谷．布拉赫在圓頂中架設了觀星器材，其中有些部分是汶島的精工匠打造的。據稱，這位新島主是一位知識淵博的大學者，擁有最精準、正確的觀星成就。

「應該說他是一個大暴君！」兩個孩子的父親常憤恨地咒罵第谷．布拉赫。

汶島的島民有一半是漁夫，靠著魚群豐富的水域為生；另一半是農夫，開墾肥沃的軟泥地。他們已習慣時常看見來自全歐洲的頂尖科學家在此靠岸。不過，儘管大家都能不時接到工作訂單，或少數幾次來自賓客的恩賜打賞，島民們始終無法將就認可他們的新領主。

姊弟兩個小漁民終於繞過宮殿，看到了大海。他們先前已發現一個地方：來自河口灣的強勁水流在那裡遇上一座突出的岩角，放慢速度，平緩下來。這座隱密的小灣吸引多種魚類，就算漁獲不佳，也能用螃蟹或貝類湊合湊合。正當他們離開小徑，準備進入石堆，順著下坡到海邊時，突然被正下方舞動的點點燈火嚇了一跳。女孩示意弟弟緊靠在她身邊，一起躲入一座被灌木叢遮住的岬角。月兒再度從雲縫中探出，照亮意想不到的一幕：深夜之中，一艘雄偉的大船靠岸進島。水手們攙扶一位女性下船，在岸邊等待的男子穿得雍容華貴，幾名士兵隨侍在側。從他稀疏的頭頂和尖尖的鬍子，孩子們輕易辨識出他的身分。

「快看，」男孩悄聲說，「是領主大人。」但他姊姊的注意力特別集中在來訪的女性身上。弟弟發現了，於是也瞇起眼睛，想仔細看看那位下船的公主是誰，為何受到大天文學家如此熱情的接待。

「哎呀，」男孩低聲說，「好像王后一樣！」

「閉嘴啦，勞斯！你信不信，我們最好別認出任何人。這裡都已經是我們不該來的地方了……」

她才剛說完這句話，一道惡狠狠的聲響就嚇了她一大跳：

「你們兩個，在這裡做什麼?!」

孩子們躲藏的岬角下方，兩名帶著武器的人瞪著他們看。已經沒時間思考了！女孩抓起弟弟的手，衝進朝大海而下的岩石堆中。背後傳來甲冑摩擦出的金屬細響，他們曉得士兵也已緊追上來。他們知道，萬一被抓，全家都要受到牽累，而且別想寄望領主大人開恩，儘管他是那麼偉大的天文學家。

「別白費力氣了，你們逃不掉的！那裡根本沒有路！」其中一名士兵大喊。

女孩不理他，鑽入一條羊腸小徑，下方的驚濤駭浪、漩渦暗流，扭曲猙獰。她忽然發現弟弟鬆開了手，卻已經太遲：男孩一聲不響地摔落岩石上，然後墜入黑漆漆的惡水，沉了下去。他驚惶地朝姊姊看了一眼，發出一聲短短的尖叫，隨即被大海吞沒。女孩一時間僵在原地。她聽見士兵們愈來愈近，於是也滑入冰冷的水中，但小心地攀住岩石不放手。她克制顫抖，緊貼著石頭，頭髮混在一叢海草中難以辨識，潛入水下，只露出眼睛和頭頂。士兵們先前聽見了小男孩絕望的驚叫，或許也看見了他消失的過程。兩人停下了腳步。

「天殺的，好像兩個都淹死了。」

「是啊，看起來沒錯。好了，走吧，最好別在這裡逗留。從現在起，這些都不關我們的事。」

另一人草草地在胸前畫了個十字，然後跟著同伴離開。

第一章

布拉格城堡中的準備工作（二十五年後）

「在上者與在下者同。」

——三重偉大的赫爾墨斯，《翠玉錄》

「小心點！你們會弄壞它的！」第谷．布拉赫對兩名可憐的僕人大吼。他們站在大廳中最好的位置，正要將大天文學家親自構思的著名儀器，牆式象限儀，架在一座特別設計的講臺上。多虧這架儀器，他才能實現那些不同凡響的天文觀察。

這個笨重的器材幅長超過兩公尺，兩名搬運工簡直不堪負荷，正拚上最後一點力氣，把它安放在正確的位置，毫無擦撞碰傷。其實那只是天文學家以前裝在烏拉尼堡的一個木製模型；不過，那儀器，那刻度精細的圓弧，絕對令人印象深刻。開闊的大廳名為「西班牙廳」，因為它呈現了時代的品味，以及已嫌過度繁瑣的裝飾。而整座大廳周圍，在鋪著以珍貴布料當桌巾的桌上，布拉赫已擺設了幾座時鐘。據稱，它們的機械運作之精準，能計算最遙遠星辰隱沒的時間，誤差只有幾秒；而且很肯定的是，它們不可能錯亂失調。最後，為了讓布景更完美，他還放了一具波斯星盤──儘管他認為這項工具已經過時；另外還有幾座渾天儀[1]。關於渾天儀，他特別保存了地心說的款式，以符合教會的法規。第谷知道，哈布斯堡王朝的國王魯道夫二世所邀來慶祝各項天文研究新發現的貴客中，可畏的宗教審判官羅貝托．白拉敏[2]被奉為上賓，而這位審判官一直在伺機攻擊任何有異端嫌疑的人事物。魯道夫二世已對賓客透露細節，激起了他們的好奇心：當天晚上，第谷．布拉赫將根據他那些著名的觀察，報告他本人的宇宙觀，回應宣稱地球和其他星星繞著太陽轉的惡魔哥白尼。在這個莊嚴的日子裡，大學者捨棄他那件簡樸古板的黑袍，換上閃著石榴紅色澤的緊身短衣，一路釦到領口；外面再罩上一件深棕色的厚斗篷，內襯與闊領皆覆蓋黑絲綢，他的圓軟帽也以相同的絲綢包裹，綴著細緻的扭花金邊，插著一根白天鵝羽毛。內行人應該能猜到這身打扮隱喻煉金大業的三個階段：黑化，白化和紅化。事實上，民間盛傳，幾個月以來，第谷．布拉赫已放棄天文學觀測，把大部分的時間花在煉金實驗室裡。那是同樣熱烈追求智者之石[3]的魯道夫二世在城堡神祕的地下廊道中特地打造的。一顆星形鏈墜——那是一位波斯天文學家送他的禮物——掛在兩條金項鏈上，為大師的禮服更添光彩。他那金黃色的長鬍鬚垂在圈著頸子的硬挺皺領上。他聞嗅了一下，下意識地，摸摸他的假鼻子，確認是否戴好。各種儀器都擺設出來了，他開始感到滿意。緊張擔心的僕從們，沿著牆邊排成一列，等待他的意見。

1 渾天儀，由一些代表星球軌跡的金屬環層疊扣接而成的球形儀器。早期的樣式把地球擺在中央。

2 羅貝托．白拉敏（Roberto Bellarmino, 1542~1621），總主教，文藝復興時期歐洲的神學家之一。他曾判決義大利哲學天文學者喬丹諾．布魯諾（Giordano Bruno, 1548~1600）為異端，並處以火刑，因為布魯諾維護波蘭天文學家哥白尼的自然哲學思想。另外宣判天文物理學家伽利略的「日心說」為異端。白拉敏於一九三一年被庇護十一世封聖。

3 智者之石，一種傳說中的物質，可以將金屬變成黃金，或是用來製造長生不老藥，更是許多煉金師追求的目標。

第谷·布拉赫不是個隨和易處的人，平日開個粗俗玩笑恐怕都能惹惱他，甚至一不小心就讓他勃然大怒，令人錯愕，畢竟他在科學研究上能表現出最極致的耐性。例如，他能花上好幾個鐘頭，持續追蹤最遙遠的星星之最細微的運行。幸好天文學家把妹妹蘇菲亞帶在身邊。她為他打點千百樣生活細節，替他避開許多衝突，還能用一個笑容，就讓人原諒她兄長過分的舉動。早在烏拉尼堡的輝煌時期，她就已經跟著他；而在丹麥國王克里斯蒂安四世登基後，一路陪他到布拉格，進入魯道夫二世的王宮。這位丹麥國王與其父王弗雷德里克二世完全相反，從來就不喜歡布拉赫。克里斯蒂安四世以天文學家用太過嚴厲的手段迫害汶島村民為藉口，一口氣取消了他的封地和生活津貼，叫他滾回去做他心愛的研究。在那個時期，第谷·布拉赫已被同時代的人視為數一數二的大學者，所以，他毫無困難地找到另一位贊助者——哈布斯堡王朝的魯道夫二世。一五九九年，這位君王在布拉格接見了他。兄妹倆帶著隨從住進貝納特基堡，距離布拉格不遠。他們定居下來已經兩年，王宮中也有一間研究室供第谷使用。他的胞妹蘇菲亞·布拉赫是個圓潤矮小的女人，鷹鉤鼻，薄嘴唇，但幾乎透明的藍眼睛閃著聰慧的光芒。她對哥哥忠心耿耿，犧牲了自己的人生；而在數學的相關科學領域，特別是天文學方面，她也展現出實質的天分。她輕輕走到第谷身旁，親暱地挽住他的胳臂。

「那麼，兄長大人，你對自己的安排還滿意嗎？」

「還好，還好，現在的布置開始看起來不那麼討厭了。接著還應該注意照明，分配好燭臺，擺在適當的地方。克卜勒到哪去了？」

一年多來，這位年輕傑出的德國天文學者也來為他工作。布拉赫從來都只肯喊他的姓氏。蘇菲亞連忙回答，並且故意用名字稱呼：

「約翰尼斯在他的書房裡，埋頭鑽研你的觀察，他從中獲益匪淺。我相信，他一定是被計算帶到天空的另外一邊去了！」

「那妳快去命令他回到地球上來！既然是陛下專門為我設下的晚宴，叫他管好自己，別對我的天體系統發表什麼不恰當的看法。」

儘管第谷成天埋首檢視星曆表的正確性，或鑽研能煉出寶石的濕法提煉術，他還是很清楚妹妹深受他那名年輕助手的吸引。而直到目前為止，礙於疼惜蘇菲亞的溫柔心意，他仍無法開口告訴她真相：克卜勒討厭妻子，把她和三名年幼的孩子獨自留在格拉茲[4]；而毫無疑問地，他對美麗的漢娜·朗德的好感與日俱增——那是一名城堡裡的女僕，魯道夫二世也

4格拉茲（Graz）：位於阿爾卑斯山南麓，古時為中歐學術重鎮，現為奧地利第二大城市。

將她納為情婦。第谷擔心這混亂的局面有一天可能會引發外交事端，而他自己也會受到牽連，儘管傳言指出，魯道夫二世這個頑固的不婚者是獵豔高手，對漢娜的迷戀根本不比其餘被他追逐的對象多到哪裡去。另一方面，著名的天文學家並沒忽略，關於他命名為「地日心說」（géo-héliocentrique）的新系統，克卜勒並不贊同他的觀點。他這名年輕的學生堅決站在哥白尼那一方。根據這一派的說法，唯有日心說能解釋星體的某些運作，並證實他之前推演的計算。第谷．布拉赫為此惱怒不已，因為，在他心底，他知道其實克卜勒是對的。但第谷現在正迎向五十六歲，已經有過一次失寵的經驗，不願再度跳入火坑，跟教會的威權起衝突。更何況，在發表了天文觀測和星球運行的報告，享有盛名之後，他從此投身研究煉金術。在追尋提煉智者之石的過程中，他找到了一項研究領域，既回應了他的科學抱負，也解決了一些形而上學的擔憂；人到了這把年紀，擔憂益發揮之不去。

「我一定會辦好的，哥哥。那麼，如果你願意，我立刻就去處理照明的事，免得你為這種無聊小事煩心。」

「謝謝妳，蘇菲亞。」

第谷鬆了一口氣，但想必不如一直等著他開恩的僕人們那般如釋重負。他對妹妹流露出一份親暱之情。她從懷中取出一個小水晶瓶。

「你連你的萬能靈藥也忘了。」

「謝了。好忙的一天！」

第谷把水晶瓶塞進緊身短衣上的腰帶，離開大廳，走進通往地下層的狹窄迴旋梯。

禁衛隊長喬瑟夫．卡索夫再次檢查晚宴的賓客名單。魯道夫二世的專屬書記官為他抄寫了一份，字跡歪扭，難以辨識。他也到了不易看清蠅頭小字的年歲了，每讀一行就歎一口氣。他年輕的侄兒馬泰烏斯在一旁看得十分有趣。這個侄兒是他最近才弄進王宮禁衛隊的。

「不久之後，親愛的叔父，您就必須去猶太街上的眼鏡店走一趟了。」馬泰烏斯哈哈大笑。

「那又怎麼樣？」卡索夫抗議：「你看過有禁衛隊隊長戴眼鏡的嗎？況且，我的時間可不是用來閱讀的，這座城堡其實就是一座大迷宮，有一大堆祕道，隱廊，地下廳室和雙重隔間；光是維護安全就有夠多事情要我忙的了。這座城堡簡直像是為了專門滿足一群各懷鬼胎的陰謀家而建造的！」

「您想，我哪天能有機會參觀陛下的密室嗎？」

「這我可完全不知道。不過，在那裡，你只會看到一個腦筋怪異的人所展示的東西，他太愛收藏大自然裡那些稀奇古怪的玩意兒。」

「有人說裡面有一組機器人，其中一個做成裸女的模樣……」

卡索夫忍住沒笑出來。侄兒的天真讓他覺得有趣；不過天真歸天真，他仍然是一名優秀的軍人。

「孩子，在你這個年紀，我會對有血有肉的女人比較感興趣！況且，依我看，小卡蒂亞那天特別對你另眼相看，很有興趣的樣子呢……」

馬泰烏斯一下子臉紅，吞吞吐吐地說：

「卡蒂亞？哪個卡蒂亞？」

「別說得好像不認識她似的，你這無賴！那個胸部豐滿，在廚房工作，那天端了杯啤酒來給你的卡蒂亞啊！」

「啊……」馬泰烏斯棄守，他當然確切地知道叔叔說的是哪個迷人的美女。「啊，對，卡蒂亞……」

卡索夫把那紙名單攤在桌上，已在桌邊坐了下來。

「我們必須亦步亦趨地監管將近二十個人的動靜，而且他們都不是小人物！」

「您有什麼方案？」馬泰烏斯問，等不及想去完成隊長的指示。

「我會下令關閉所有通往地下層的路徑，城堡的每道門都派人持武器防守，並加強巡邏。我也會注意保持每座大廳和側廳燈火通明。但如果你有什麼更好的點子，我洗耳恭聽。」

馬泰烏斯露出了有點茫然的表情，補上一句：

「我還有件事想說，親愛的叔父。您知道我聽不太懂陛下的貴賓之間用來交談的拉丁文。」

「一點也不重要，馬泰烏斯，相信我，那些人真的需要什麼的時候，都曉得該怎麼讓別人聽懂！」

寬敞的華蓋床，簾帳都已掀起；他舒坦地躺著，身上隨便蓋了條床單——今年十月的天氣怡人，還不需要點燃大壁爐——哈布斯堡的君主魯道夫二世看著兩名陪他共度春宵的年輕女孩穿上衣服。其中一位個頭嬌小，深膚棕髮，身材乾扁，表現起來卻是個充滿創意的情人。她叫奧蒂莉，而國王決定，在今天保證非常有看頭的晚宴後，再召她來一次。另外一位身材高大，金髮藍眼，發育得姣好飽滿，給他許多甜蜜溫柔。她不保守，卻也不像從中享受到多少樂趣。她是漢娜．朗德；幾年前來到城堡，魯道夫立刻派她專門服侍自己。她在工作上表現得很有效率，對於君王的主動親近，沒有太多刁難便順了他的意。加入他的情色遊戲，她並不排斥，但在這些即興場合中總顯得置身事外——她交出了肉體，心神卻始終離這種瘋狂放蕩有一段距離。但這樣神祕的冷漠非但沒破壞魯道夫的興致，反而更讓他慾望高漲，也更信任這名能幹又忠心的女僕。

「漢娜，把我的早餐端上來，之後準備讓我沐浴。」

漢娜調整好長裙，在上面加了一條圍裙，在背後打了個蝴蝶結。

「接著再去檢查晚宴廳的各事項安排。」

「是，陛下。」

她彎腰行了個禮，離開房間。一道陽光從狹小的窗口透進屋內。正當她要走出門時，魯道夫又叫住她。

「告訴我，漢娜，妳常跟克卜勒那個年輕人見面嗎？」

「常見面，陛下。」

「妳也讓他跟我一樣享受？」

「我跟他見面，但從沒嘗過那些。」

魯道夫露出微笑，揮揮手，讓漢娜退下。奧蒂莉早已不見蹤影。女僕關上門後，魯道夫又沉思了一會兒。儘管一夜狂歡，還有兩個情人甜美的溫柔鄉作陪，那個老噩夢仍然又回來糾纏他了。那是個冰冷孤獨的夢境，天色昏暗，他面對一座漆黑的湖。他向前走進湖水中，踉蹌跌倒，在惡臭的泥沼中試圖掙扎，那淤泥之中藏著數不盡的生物。他感到憂鬱再度將自己淹沒。是否為了對抗它，所以他才在身邊聚集了那麼多有名的藝術家和當代最偉大的學者？他想起畫家阿爾欽博多[5]住在這裡時那段熱鬧擾攘的日子。那位畫家的蔬果狂想和浮誇的造景把整個宮廷逗得好開心。於是他對自己許下承諾，該去來自愛爾蘭的新寵畫家，喬納森．史卜朗格勒的畫室待一陣。他往背後加了一大堆軟墊時，突然想起，在今晚長串的賓客名單中，他也邀了艾麗卡．馮．拜德貝克伯爵夫人。去年，一場不幸的狩獵意外奪去她的丈夫。從此以後，她就熱愛上歌唱，演唱得非常出色。魯道夫二世下意識地將手指伸入鬍鬚搔撓。伯爵夫人還年輕，而且是個大美人；魯道夫心想，如果她守寡期間只安穩地從事歌唱

5 阿爾欽博多（Giuseppe Arcimboldo,1527~1593），文藝復興時期義大利的畫家，從宗教裝飾藝術發跡，之後成為哈布斯堡皇室的宮廷畫家，歷經三任君王。其最有特色的作品，是用水果、蔬菜、花、書、魚等堆砌而成的人物肖像。

練習豈不是太遺憾了？相反地，神祕的瑪格麗特．多徹斯特也在受邀之列，而魯道夫二世對她則持有戒心。她對魯道夫來說有難以抗拒的吸引力，卻也令他恐懼油然而生：她是典型的大不列顛美人，蒼白的臉色因凹陷的雙頰益發顯白，橙紅色長髮圈出一張完美的鵝蛋臉，因一雙碧綠色的眼睛而神采奕奕。眾所皆知，她從事密探的工作，為伊莉莎白女王效力。在魯道夫眼中，這樣的她，勾起他更大的興致。一個危險的女人……當然，他當初也不得不邀請她的丈夫愛德華．貝特漢姆勳爵同來。那個老貴族因風濕而不良於行，把時間都用來吃喝和打牌。哈布斯堡君王的心意搖擺不定，是該找個門當戶對的女人締結一段持久的關係，讓他的家族稱心如意，最後為他傳宗接代呢？還是跟不管什麼出身的人們結黨成群，繼續輕浮放蕩的生活？他的結論是，把命運交給他所愛的人事物來決定。另外，身體也休息夠了，他準備趕去煉金實驗室。御醫米迦埃．麥耶[6]和學者第谷．布拉赫，這兩位頂尖人物進駐布拉格王宮，他十分引以為傲；而他們正在操作煉金實驗。幾個月以來，被暱稱為「音樂藝術」的煉金術，在君王心目中的地位愈來愈重要。他的圖書室增添了大量的古老祕教魔典，經常與人討論硫和汞，綠獅，母蛋和船。這項追尋其實更能滿足他，占據了他的肉體與心靈，占據了他整個人：煉出智者之石的排列演算，其實正是自我本身的變化。或許有一個主宰這場焦慮的項目正在暗中壞他的事。於是，當漢娜帶著盛滿肉、乳酪和麵包的托盤回來時，魯道夫正在癡想長生不老靈藥的紅色粉末。她彎下身把佳餚放在君王面前時，他又趁機再欣賞一次她渾圓的胸部。

卡索夫已帶著侄子馬泰烏斯到了西塔的側廳。牆上鋪掛壁毯，呈現一幕幕與祕教相關的神祕場景：赫墨斯和他的蛇杖為維納斯捎來信息；海克力士摘下海絲佩莉蒂姊妹看守的金蘋果；鐵修斯迎戰牛頭人身怪米諾陶斯，還有，兩扇窄窗之間的，大橡樹下一頭獨角獸。年輕士兵初次見識這樣的裝飾，驚歎不已，忘記這個房間內什麼也沒有。卡索夫把手放在壁爐橫梁上，壁爐內空無一物，只有兩副雕成美人魚的柴架。

「你想認識城堡裡的每個密室嗎？那就跟我來吧……假如你不怕的話！」

馬泰烏斯的性格，好奇心遠勝於恐懼。他睜大眼睛，看著叔叔轉動一個槽板，開啟了角落的一面牆。卡索夫鑽入一道狹隘的樓梯，往下通往宮殿的祕密深處。走到第七階，一個

---

6 米迦埃·麥耶（Michael Maier, 1568~1622）：醫生、煉金師、作曲家。除了曾擔任魯道夫二世的御醫，其煉金術著作對牛頓有所啟發。

機關將他們背後那道沉重的暗門關上。他們陷入一片漆黑之中。卡索夫似乎不受影響，只聽他口氣冷靜地問道：

「你還跟得上嗎？馬泰烏斯？」

「是，還跟得上。」年輕人喃喃地說，顯然不那麼篤定。

他以叔叔的腳步為指引，一直抓著釘在石壁上的鐵扶手，覺得自己彷彿已走到地心那麼深。但突然間，另一道門開啟，是卡索夫推開的。隊長顯然對這個地方瞭若指掌。叔侄倆一起走進一座遼闊的大廳，有用長梁分隔的磚造拱弧綿延不斷，形成高高的圓頂。牆上插著火把，日夜燃燒，照亮一座巨大的模型，幾乎占據了整個廳內的空間。馬泰烏斯靠上前去看個仔細。

「怎麼樣，士兵小伙子，這個作品沒讓你想到任何東西嗎？」

「當然有，親愛的叔父。它精準地呈現出整個王宮！這裡是大門入口，在那裡的是大教堂，還有那裡，禁衛隊大廳，我們剛才所在的地方。」

「好樣的，馬泰烏斯！這的確是我們所守衛的城堡模型。好好觀察，整座模型都是木造的，切割精巧，還漆上顏色。而對我們來說，特別有意思的是，每個出入口都忠實地呈現出來了。花點時間把所有地方記清楚，關於這座建築，你找不到更完善的藍圖了。」

模型做得如此分毫不差，馬泰烏斯為之著迷；一面牢記所有細節，一面努力拿來跟在內院或黃金巷散步時的記憶比較——那是國王禁衛隊居住的地方。遼闊的城堡簡直像一座圍著大教堂興建起來的小城，其中有一座塔樓尚未完工。

「找到白塔了！」馬泰烏斯不禁喊出聲：「而黑塔，就在這裡。」

「你看，就像一盤棋戲。不過我們的國王沒有王后，衛兵也比騎士多。」

「這麼精緻的模型是誰造的？」馬泰烏斯打探。

「目前這還是個謎。」他的叔父悄聲說：「又是一個謎。」

年輕的侄兒興致勃勃地看著模型比對出他最近走過的路線，找出他和卡索夫住的小屋，指出各個地點的位置：馬廄、西班牙廳、弗拉季斯拉夫大廳，或新近建好的望遠樓。

「這樣看上去，城堡顯得更大了。該如何監視所有這些建築呢？」

「只能靠運氣，或者去聖喬治教堂或聖維特主教座堂點根蠟燭了。」

馬泰烏斯素知卡索夫其實根本不信神也不信鬼，只能聳聳肩。

泥炭燃出的火苗，柔和且規律地加熱鎔爐。三個男人聚在煉金室裡。在國王魯道夫和第谷・布拉赫對面的，是一個臉孔細長精緻的男人，下巴的鬍毛修剪成正方形，唇上的鬍子梳得尖翹；他正對著一張桌子忙碌操作。桌上散布著曲頸甑，蒸餾瓶和各種形狀的容器，還有各種尺寸的漏斗，篩子和研磨棒。這男人只穿著一件到處被酸液燒焦痕跡的白襯衫，胸前敞得大開。三人之中，魯道夫二世絕對是最沒耐心的那一個。他彎腰俯視爐火，彷彿期待能從封在磚塔深處的煉金甕裡慢慢熬製的神祕物中驚見線索。

「所以，這一次，我們的進展如何？」

麥耶小心翼翼地放下剛才拿來把一種紫紅色澤的鹽磨成粉的研磨棒。

「我們正在濕法的道路上前進，陛下。揮發性亞硝酸鹽，哲人們稱之為『宇宙之銀』，含有他們需要的鹽、硫和汞，沐浴在蒸氣溫和而潮濕的熱度後受到激活。下次月圓時，我們就能把一個個細頸圓瓶從幽暗的堡壘中迎出來。」

「怎麼會這麼耗時！」國王嚷了起來。「我們為什麼不試試看可以比較快煉出金石的乾法？」

「那條路危機四伏，殿下，而我們尚未做好面對危險的準備。」

「你知道些什麼？」

「您急於達到目標，這樣的躁進之心，陛下，正是擋在智者之石與您之間最頑強的阻礙。煉金之時亦必須煉出內心的金。」

魯道夫灰心喪志，頹坐在一張圓凳上，差點把它壓垮。只要國王來訪煉金室，這樣的交談就會重現一次。第谷．布拉赫在一旁聽著，覺得好笑。

「那麼，如果讓我來，而我決定採取乾法之道呢？」他直截了當地說。「您知道的，我已經在自宅後方的一個房間內設置了私人實驗室，而……」

魯道夫揮手打斷他。

「所以您想讓整座城著火嗎？而且不僅城鎮，就連我們的城堡也要遭殃？親愛的第谷，請放棄這個計畫，如果您有剩餘的時間，那就重拾天文學的研究吧！我認為您的助手，那位年輕的約翰尼斯．克卜勒，在這門學問上也表現出優異的才幹。請把您的知識傳授給他，讓未來的世代能得益於你們對天空和星體的深刻了解！還有，別忘了您還欠我的占星結果。」

第谷．布拉赫明白哈布斯堡君王藉此趕他回去觀測星體，這項本領當初至少幫他贏取了寵信。但他對煉金實驗的熱情變得如此高昂，所以早已決定從此以後不讓任何其他事物分心。儘管如此，他決定還是暫時告退比較妥當：魯道夫二世的暴躁舉世聞名，在他被激怒的時候，可能用恐怖凶殘的話語斥喝謾罵，甚或具體做出魯莽駭人的舉動。

「另外，請確實吩咐您那位英俊的助手，眼睛好好盯著研究，因為，感覺上，他的近視眼似乎太嚴重，哪顆星星都分不出來！」

第谷．布拉赫明白國王話中暗指漢娜．朗德的事。他彎腰行禮，離開濕暖的煉金洞窟。但在出去後，他沒有直接走向往左轉爬上地面門廳的小樓梯，反而往右進入一條長廊，通往一排沉重的木門。每扇門上都飾有青銅鑄造的古代神話人物。天文學家走過噴火怪凱美拉、戰神馬爾斯和復仇三女神，拉起鎖住皮媞亞廳的門栓，也就是神諭占卜室。那裡空間遼闊，以一盞插著蠟燭的鐵製大燈照亮。第谷進門時引起的穿堂風搖晃了火苗，亮光在牆上舞動，映出一幅帶有玄幻效果的場景。兩排桌子都是螺旋狀桌腳，面對面擺放；每張桌子後面都擺了一張雕花高背單人椅。奧丁的盧恩字母，珍貴的水晶，小骨塊，來自中國《易經》占卜用的蓍草長梗，天文學家皆視若無睹，從一個抽屜裡拿出一個木箱，裡面藏著一疊牌，每一張上面都有一個號碼和一個名字：那是阿凡達塔羅牌，有些人號稱這套牌來自埃及那個法老王的國度。他小心翼翼地把牌從木匣取出，洗牌，切牌，抽出四張，擺成十字形。第一張牌是星星，他最熟悉的事物；右邊那張是月亮。在他正前方的是隱者，牌面上的圖是一名蒼老的智者，就著簡陋的燈籠微光尋找真相；他想到了智者之石。最後，最上方的，是教宗，另一個父權形象；第谷憶起他的伯父尤根。他在很小的時候就被託給伯父養育——蘇菲亞甚至認為，就某種程度而言，他是被無法生育的尤根給搶走的——但從來沒人向他解釋為何他的父母沒把他留在身邊。學者迅速加總桌上的四張牌，得到數字十三，無名的阿爾克那，只有一副骷髏。他打了個寒顫，彷彿他的畢生研究都被死屍揮舞著的長柄鐮刀掃進了月亮和星星之間的虛空。第谷看了切牌的數字，十六，神的住所，被雷擊中的高塔，以及在一束彩色小圈圈中墜入空中的兩個人。天文學家覺得自己已經老到不可能再如雷擊般地墜入情海：話說他這輩子可曾有過一見鍾情的感受？本來他很可能愛上梅克倫堡—居斯特羅的蘇菲，亦即丹麥王后；後來卻得知她利用了他，只為報復丈夫弗雷德里克二世的不忠。第谷再次檢視這張阿爾克那十六，看起來像個不祥之兆：所以，他只落得一敗塗地的下場。或者，這也可能只是針對乾法之道提出的警告，而魯道夫二世剛才也嚴正禁止他同樣的事。第谷想起聽人轉述過一些這方面的不幸故事，有些笨拙或操之過急的煉金師因實驗室爆炸失火而慘死。正如他手上這張牌。他打亂組合，把牌全部收攏成一堆，放回珍貴的木箱裡。離開占卜室時，他心情惡劣，而自從那場害他失去鼻子的中庭決鬥以來就經常發作的偏頭痛，此時再次鉗緊他的腦袋。他從腰間取出長生靈藥，喝下滿滿一大口。

第二章 時鐘與人

「一個鐘頭裡竟有那麼多天！」

——莎士比亞，《羅密歐與茱麗葉》

一陣酷寒的穿堂風突然掃過宮殿各走廊，從門下鑽入，不放過任何縫隙，用它冰冷的氣息將剛才還籠罩大地的夏末餘溫一掃而空。黎明時分，天色還一片澈亮蔚藍，布拉格的上空卻突然陰沉起來。侏儒吉普全身發抖，努力用畸形但強壯的手臂緊抱胸口也沒用。寒意陣陣襲來，詭異的昏暗似乎把白天一下子趕進了黑夜。然而現在連中午都還不到呢！稍早以前，不會有人想到要在這個時辰把燈點亮。因此，現在整座宮殿陷入一種陰森森的幽暗。遼闊的弗拉季斯拉夫大廳裡，雖然還能勉強辨識出交織撐起天花板的哥德式拱梁上的飾紋，也已是極限。吉普踮起腳尖，試圖透過對他來說太高的窗戶，越過一座座屋頂上方，查看天空一角。外面，太陽彷彿加快了腳步似的，陰暗的部分愈來愈大。關於這一點，吉普的看法跟主人一樣。因為，很顯然地，一定是太陽繞著地球轉，不可能反過來，像克卜勒那隻近視小惡犬所說的那樣！一隻學不會坐好別亂動的惡犬，因為他的屁股上長滿了痔瘡，侏儒一邊想一邊嗤嗤諷笑；然後又開始探看雲象。一群烏鴉飛過，比他看到的那一角天空還黑。從右邊飛向左邊。吉普迷信兆示。他立刻背過身避開這個不祥之兆。這名侏儒天生的觀察力特別敏銳，也享有出色的記憶力。這些才幹結合起來，有時他的預言準確驚人；殊不知那些話都不是空穴來風，而是得自他卓越的分析能力。以前，在汶島的烏拉尼堡時，他已建立起預言者的名聲。他經常能預知有船即將抵達，然而海面上一個帆影也看不到。這種解讀兆象的顯著才華為他開啟了方便之門，不僅能輕易接近女色，更能把藏在她們裙子裡的祕密寶藏摸到手。但那段時光已不再。在這裡，魯道夫的王宮裡，除了主人布拉赫特別關照他，其他人都不把這個畸形小矮人看在眼裡。至於他自己，則很能適應這種普遍性的輕視。換做別人可能會深受其苦，但他反而從中得利。他經常靠著矮小的身材躲過視線。目前人們對他的漠視使他幾乎變成隱形人。藏在一面隱形盾牌後面，還有什麼比這更好的觀察位置？於是，在主人離開貝納特基堡，住進布拉格這一年來，吉普的腦子裡已儲存了許多面孔、姿態、傳聞流言，以及從哈布斯堡魯道夫的這座龍蛇雜處的怪誕宮廷裡所偷看到的畫面及偷聽到的聲音。所有人都不知道，他們看不上眼的侏儒有一本記載了這座人類動物園的祕密日記。不用紙張的日記，他絕不出錯的記憶力是唯一的檔案管理員。這也說明了，對第谷・布拉赫來說，吉普是多麼可貴的支柱。天文學家在鍍了金的流放生涯中，晉升為皇室數學家，經常成為嫉妒攻擊的目標，只剩兩個人可以依靠：行事謹慎的侏儒和時時撫慰他的蘇菲亞。

吉普正想離開窗邊，只聽大廳的門板發出嘎吱轉動的聲響，於是不再繼續移步，蹺著身子躲進牆角，把自己縮得更小，比任何時刻更難以察見。他認出禁衛隊軍官喬瑟夫・卡索夫，還有陪在他身側的侄子馬泰烏斯。這兩個男人步伐堅定地走進寬敞的大廳。

「國王陛下所邀請的貴客尚未全部抵達。」卡索夫說。

「我們還在等誰？」

「那些人——愛德華．貝特漢姆勳爵、多徹斯特公爵以及他的夫人瑪格麗特女爵——我倒寧願他們的遲到最後變成真的不到。陛下要我暗中對女爵提高警覺。」

「動機是什麼？」

「理由有兩個。陛下直截了當地把他心裡的想法告訴了我：他懷疑這位女士是英國伊莉莎白女王手下的一隻蒼蠅。」

「一隻蒼蠅？」

「這是一個高雅的字眼，英國人用來暱稱他們的間諜。」

「一名女間諜？真的嗎？我親愛的叔父，說正經的，您真的認為在像哈布斯堡的魯道夫這樣一個不問政事的君王這裡，有什麼值得打探的機密？如果我是那隻蒼蠅，我就會飛去他的弟弟馬提亞斯親王那裡繞圈打轉。人家不是說他夢想篡奪王位？」

「我都不知道原來你對帝國的事務知道得這麼清楚！」

「好了，您別笑我了！路上隨便遇到個小販，他也會跟您說同樣的話。我們兩位親王之間的較勁，在這個國家的所有酒館裡，都是大家最愛爭論的話題。每個人都知道，比起政治，魯道夫更迷戀天文學或煉金術。」

「確實如此。所以，他並不怕多徹斯特公爵夫人會從他那裡竊取什麼外交機密，倒是擔心她跟審判官白拉敏處在同一個屋簷下。審判官來自羅馬，也就是說，他是教宗的耳朵。而那位女爵很可能想切斷這隻耳朵！」

「您這是在開玩笑！」

「陛下提起這項危險的可能性時一點也不是在開玩笑。自從西班牙的無敵艦隊潰敗，伊莉莎白女王支持荷蘭新教徒，英國和梵蒂岡之間的關係緊繃到了極點。白拉敏是改革派的死敵。在我們的城牆內，他的主要任務是避免陛下受到任何異端邪說影響。」

「現在我了解得比較清楚了。不過，您剛才跟我說，我們必須監視這位女爵的理由有兩個。第二個是什麼？」

卡索夫故意沉默了一會兒才回答侄子這個問題。他誇張地梳理鬍子的尾尖，然後終於小聲洩露：「個人情感，親愛的馬泰烏斯。我覺得，從陛下對我描述那位英國美人的方式來看，他的語氣中和遣詞用字中，都有一種興奮振盪的情緒，與外交事務應該沒有什麼關聯才對。」

「難道陛下愛上了多徹斯特公爵夫人？」

「你認為在整個歐洲找得到哪個漂亮的女人是陛下不愛的？」

馬泰烏斯忍不住笑了起來。

「可是您剛才不是告訴我女爵已經結婚了？」

「馬泰烏斯，你這個孩子！」叔父裝出一副憤慨難平的模樣，大聲斥喝：「你什麼時候看過哪個做丈夫的真能成為愛情的絆腳石？」

「確實如此，親愛的叔父。跑得比老婆慢的丈夫活該倒楣！所以，我們要看好他的老婆，一半為了他，一半為了陛下。」

「別忘了還有一半是為了審判官白拉敏！」

駐足窗邊交談的兩人繼續邁步向前，一面默契十足地說笑。躲在牆角的吉普看著他們從大廳另一頭出去，趁著路上沒人，也趕緊離開。剛存進記憶的事情令他興奮不已。他才剛走，一小群僕人就拿著燭臺入侵大廳，把已經照不到日光的室內空間重新點亮一些。漢娜．朗德在最後面壓陣，帶著皇家內務總管的頭銜，儀表威嚴。依照她的動作指示，拿著燭臺的僕人排成一列，整整齊齊地沿著架在大廳中央的長桌站好。這時輪到第二批僕役進場。他們是洗衣工，扛來的籐籃裡裝著厚重的緞紋長布，準備鋪在長桌上。漢娜．朗德盯著每個人的動作，在她將軍般沒有表情的冷面之下，藏著身為完美機制核心人物的深層快感。城堡的禮儀運作制定得如時鐘一樣精準。漢娜是其中一環重要的齒輪。她喜歡這種秩序，可以掌控每個人的時間及作息，這與第谷．布拉赫對天體機制之讚歎如出一轍。而就像第谷質疑探究火星軌道的各種奇怪現象一般，漢娜也顧慮周全，預防她所負責的服務項目出現任何瑕疵。根據天生的直覺，她知道，機器再怎麼細心上油保養，也禁不起一顆微小沙粒破壞；正如擦摩得最光亮的金屬亦隨時會生鏽。任何人都可能變成威脅世界和諧的那粒沙。任何人，包括她自己。她把這令人暫時暈頭轉向的想法逐出腦海，專心工作。現在進場的是碗盤餐具組，他們一一擺設珍貴的瓷盤、水晶杯和銀製刀叉；今晚，國王的貴賓們將使用它們來享受佳餚。

侏儒站在雄偉的樓梯下方，仰望階梯頂端，萬般不願，彷彿眼前要爬的是斯涅日卡山——群山之后，傲視波希米亞這擁有許多巨人大山的國度。對他來說，爬樓梯永遠是一件苦差事。今天，他更覺得這簡直是酷刑。只要狀況許可，吉普每次都溜進藏在牆壁裡的貨物升降機。多虧這項器材，僕役們的工作輕鬆方便許多。他已習慣從貨箱內部操作由滑輪和傳輸皮帶製成的蒂羅爾式精巧溜索；一般來說那是要從外部拉動的。自從來到城堡之後，有好幾次，他像隻魔鬼一樣突然從升降貨箱跳出來，女僕們都嚇壞了，他倒被逗得十分開心。那些倒楣的女僕，本來等著接收一堆被單或餐具，卻看見這個小丑哈哈大笑，扮著鬼臉，一溜煙地從她們鼻子下消失不見，連讓她們喘口氣的時間都不留。不過現在，吉普可沒這份心情惡作劇。群鴉飛過的不祥之兆仍讓他難以釋懷。那不只是預感而已，更像是一種隱憂；而他看不出實際的憂心目標，儘管凶險災厄之氣陣陣撲來，就好像他整個人被浸在冰水中一樣，讓他起了一身雞皮疙瘩。再說，據他所知，城堡的這個區域裡並沒有任何貨物升降機。他抓住樓梯鑄鐵扶手的渦形裝飾，開始爬那階數驚人，通往賓客樓層的階梯。這裡也十分欠缺照明。樓梯間頂端有座天井高高在上，勉強透進微弱的天光。吉普一階又一階地艱辛攀爬，突然看見一大團暗色天鵝絨往下直衝而來，眼看著就要壓死他了。侏儒發出一聲簡直能震破水晶的尖叫。千鈞一髮之際，那巨大的身影緊急煞住腳步，搖搖晃晃，差一點摔倒，連忙抓住扶手才總算站穩。

「去吃屎啦！就是你！肥肥胖胖的滿月臉，差點把我們倆都害死的人就是你這個傢伙?!」隨著天鵝絨衣襬晃盪的巨大身影破口大罵。

吉普已認出那個魁梧大漢是畫家喬納森．史卜朗格勒，最近才在魯道夫二世的邀請下來到城堡。國王尚未從失去阿爾欽博多的悲痛恢復。幾年前，他准許阿爾欽博多回故鄉米蘭，畫家卻在那裡被死神奪走了生命。在那之後，繼任的畫家一個接一個，卻沒有人能媲美他天才洋溢的創作在君王心中所引發的同等熱烈的激賞。史卜朗格勒是目前最新的一位宮廷畫家。他的體型異於常人，即使出身愛爾蘭，膚色卻接近深橄欖色，一頭烏黑的蓬鬆亂髮，眼睛比最具摩爾族血統的安達魯西亞人[7]還要漆黑。

他抓住侏儒的褲腰帶，將人一把提到跟他面對面的高度，看上去毫不費力。吃人妖把小矮人放到嘴邊，準備飽餐一頓。吉普拚命掙扎，大叫：

「你要弄破我的蛋啦，酒桶大肚腩！」

史卜朗格勒大笑起來，聲如洪鐘。他把侏儒放在他上方五格的階梯上，這樣小矮人看起來差不多到他下巴那麼高，總之對他來說，這高度足以讓雙方互相平等對待。

「你應該慶幸我沒把你壓死，不堪一擊的怪胎！至於我，說不定脖子都要跌斷了……算了，忘掉這場意外吧！我們這樣遇上了也不錯，因為我正急著要找你。」

吉普氣呼呼地把一隻手伸入褲襠，盡力把他的生殖器調正，一面朝巨人狠瞪了一眼。壯漢這突如其來的親和示好給了他爭取利益的空間。他藏起報復的心眼，留待更適當的機會。

「我猜呀，崇高的亂塗專家，你之所以急著遇見我，是不是跟我們的賓客有點關

7 摩爾族：歷史上稱征服伊比利半島的穆斯林為摩爾族。安達魯西亞位於伊比利半島西南方，曾被摩爾族統治。

係？」

史卜朗格勒揚了個大大的微笑，露出一口亮晃晃的裂肉尖牙。

「偉大的寓言家伊索說得好：我們有時也會需要一個比自己弱小的人！」

「假如那個古希臘人曾認識侏儒，想必他還會補上一句：比自己強大的那些人總要付出點代價。」吉普反擊。這回輪到他露出微笑。

「至少聽完我的問題再訂價碼。」

「一個問題一枚銀幣，想進一步了解問題之癥結，請給第二枚，要答案，再加第三枚。」

「這太貴了！」畫家愁眉苦臉地喊。

「比你一個晚上在小城區的花費便宜多了。」

喬納森．史卜朗格勒萬分驚愕，當下表露無遺。這個矮冬瓜怎麼會聽到他流連妓院的風聲？他忍不住東張西望了一眼。整座樓梯，從上到下，空無他人。由於所有被厄運找上的人都被迫隱瞞某些事，畫家知道，侏儒跟他自己是兩個怪物，各有各的怪。他也有預感，這種怪物特質並不真的在於大自然對兩人的外形所造成的折磨，而在於這副外型之下所包藏的祕密。他直視吉普的眼睛。這個沒用的廢物，這個畸形怪胎，他有一種特殊天分，能讀進他人的心靈。史卜朗格勒解開勉強扣住幾乎要爆開的短衣上的一顆細緻珍珠，把手探入襯裡內袋，掏出一枚銀幣揮舞。錢幣拿在他粗壯的手指間，看起來好小。

「我的問題是：聽說可怕的審判官白拉敏的行李中有一幅從義大利帶來的畫，是要獻給我們國王的禮物……」

「我沒聽到你的問題喔……」吉普低聲說，眼睛死盯著閃亮的銀幣。

變魔術似地，另兩枚銀幣出現在史卜朗格勒的大拇指和食指之間。他鬆開手，讓錢幣一枚一枚地落在吉普伸出的手掌心裡。

銀幣轉眼就不見，比從短衣裡變出時的速度還快。

「那幅畫畫了些什麼？是誰畫的？」畫家以一種刻意裝成滿不在乎的語氣詢問。

然而他聲音裡幾乎難以察覺的輕顫卻擊中侏儒的耳朵。他猜這個問題必然遠不如表面包裝的那樣平凡。這表示答案值得更高的價碼。不過他決定表現得光明磊落一點。該停的時候還是要停。

「那個嘛，好像是一幅美杜莎的頭，是一個叫卡拉瓦喬的人畫的。再問也沒用，我就知道這麼多。」

聽見卡拉瓦喬這個名字，史卜朗格勒專心思考起來。他認識的畫家裡面沒有人符合這個姓氏。也許是誰的暱稱？他瞬間覺得這個陌生人比時下任何名人更具威脅。如果國王迷上這個新人，那麼他在哈布斯堡宮廷的好運就結束了。吉普從旁觀察，注意到畫家的神色變化——他假裝出來的快活轉成憂心忡忡。史卜朗格勒開口，證實了侏儒的懷疑：

「吉普，拜託你，我必須比陛下先看到這幅畫！」

侏儒沒做任何表示，玩味著他的語氣轉變。才幾秒鐘的時間，人的態度就可以從無禮輕賤變成阿諛奉承來套交情。他已經聽見銀幣叮噹作響。

「那不是一幅畫布上的畫，史卜朗格勒，所以是不可能的。」

「不過，那你呢？你還是看到了那幅畫，不是嗎？」

侏儒聳聳肩，彷彿在說：這座城堡裡，本來就沒有任何事能逃過他的法眼。他享受到一股把高高在上的粗獷巨人踩在腳下的快感，儘管就現在的位置來看，巨人仍高出他一個頭。

「美杜莎畫在一面木製盾牌上。但審判官白拉敏和與他同行的教士萬分謹慎地看管著，兩人連離開房間都採取輪流的方式。就連柏修斯本人恐怕也不曾如此戒備森嚴地監視蛇髮女妖的頭。」

畫家的擔憂立刻大幅升高。他閃耀的雙眼變成兩個陰沉沉的黑洞，簡直像瘋子的眼神。

「帶我去看那幅畫，你會得到一枚金幣。」

此話一出，已不算是拜託，而是懇求。吉普竭盡其彎曲的短腿之所能，快速往上爬了幾階，一面爬著樓梯，一面用他刺耳的嗓音，對呆立原地的壯漢大喊：

「我的主人在等我。我快遲到了，都是你害的……好好利用還沒過完的白天，史卜朗格勒，我們會再見面的！」

兩座教堂敲響正午的鐘聲。一如往常，聖維特主教座堂比聖喬治教堂的速度稍快一些。第谷．布拉赫已學會辨別兩種鐘聲的振動。比起主教座堂，聖喬治的排鐘旋律較悅耳。一定是合金的問題。聖喬治的青銅純度應該比另一座教堂的高。身為煉金師，他的耳朵經驗豐富，辨識金屬音色的功力不下於他那雙能分辨不同星星亮度的天文學家之眼。不過，雖說第谷在天文觀測方面確實長期享有盛名，現在的他卻感受不到一絲喜悅。不管是下雨還是放晴，天氣冷還是熱，他都無感。第谷心想，不久之後，他就必須告別這一切——死神已在來找他的路上。今天早上，有三次了，他的膀胱痛得他死去活來。他努力解尿，卻只慘兮兮地滴了幾滴。鼠蹊部到現在還陣陣劇痛。第谷無法把今晨稍早塔羅牌所顯示的阿爾克那十六從腦海抹除。那個宣告崩毀的圖像畫面……他在鋪著一張棕色厚粗呢布的長桌旁坐下，覺得光線又減弱了些。一道長影捲上他的筆記本。他抬頭望向窗戶。透過菱格狀的精美彩繪玻璃窗，白天看起來像黑夜。於是，沒聽見有人敲門而門卻被打開之時，第谷嚇了一大跳。就算塌鼻子的骷髏死神揮舞著手中的長鐮刀出現也沒這麼駭人。

「第谷大人，你的寵奴求你原諒，你的理髮師遲到了。」吉普站在門框裡，滑稽地哈腰鞠躬。

「叫他們兩個都進來！」第谷用一種詼諧的語氣回應，想就此應付過去。

但從天文學家開玩笑的回應方式，侏儒立即感受到他努力壓抑著悲傷。雖然兩人從未僭越主僕關係，但第谷和吉普共享著一份長期伙伴的默契。有時，在一個國王和寵臣之間，可能建立起某種動物般的同謀情誼，直接的嗅覺往往勝過心理分析。吉普是第谷的舅父史汀恩・畢勒在他進萊比錫大學時送給他的，就好像送一隻狗給他作伴一樣。舅父看著一隻普魯士守門犬猶豫了一會兒，最後還是選擇了侏儒，因為比較便宜。他拿一副馬鞍跟荷蘭大使換來吉普。學生時代，第谷・布拉赫的鼻子被一劍砍斷的那個災厄之日，侏儒剛好在場。那是一場愚蠢的決鬥，支持地心說的第谷，槓上一個捍衛哥白尼學說的遠房表親。兩個男孩當時都血氣方剛，而健康的年輕男子天生都有大開殺戒的傾向，於是加倍衝動。兩人在客棧門前爆發怒吵，才剛交手，第谷的鼻子就伴隨鮮血掉落在雪地上。吉普上前撿起，把痛得大吼大叫的第谷帶到猶太區看醫生。開業醫師空有一身解剖知識，也別無他法，只能用熾熱的鐵烙燒灼傷口。根據他的研判，完全從身體切除的附屬器官不可能放回原位縫合。然而，他靈機一動，用融化的蠟印出了鼻子的模型。接下來的好幾個星期，病人飽受高燒摧殘，在痛苦和惶恐之間掙扎；醫生則在這段期間用黃金為他打造了一個假鼻子，完美近似他被截斷的真鼻子。後來又等了漫長的好幾個月，腫脹的血肉終於癒合，才能用一條絞入了厚厚的香脂當凝膠的牛皮繩把義鼻戴在臉上。於是，年輕的第谷．布拉赫，正當吸引異性的年紀，卻必須戴著這樣的防護去面對世界，註定面相殘缺，註定被嫌棄，遭人嘲笑——比起同情或憐憫，那永遠是家常便飯。第谷變得嚴苛且暴力。人可以不再樂觀逍遙，代價卻不必昂貴至此。失去了顏面的一部分之後，原先自詡為紳士且毫不為過的他，也失去了締結門當戶對之出色婚姻的可能。哪個出身名門的女子——即使其貌不揚——肯每天早上睜眼看見的枕邊人是這個綽號為「金鼻人」的畸形怪物？大概只有聖女願意，但在整個丹麥的領土上找不到這樣的女人。第谷不得不紆尊降貴，將就一個出身低賤的女孩；既然他強行冒犯，她也樂得屈服。看中強暴者的地位和財富，女孩的父親大力支持，婚姻受到了祝福。這位克莉絲坦從來不欣賞第谷，只愛他的錢；幫他生了六個孩子，沒有一個喜歡他，也沒有一個能討他歡心。沒有愛也能走很遠嗎？在心底深處，第谷給自己的回答是：可以。因此，他遠赴他鄉生活，很遠很遠的地方，到星星之鄉，他真正的故鄉，就像信徒入教那樣，皈依了天文學。

侏儒吉普如一隻好狗般忠心耿耿，亦步亦趨地跟著主人經歷這場不幸遭遇。他耐心十足，陪他度過意志消沉之苦，研究上的挫折；雖然什麼也沒說，但在某道數學題解不出來的時刻，默默地憤恨著整個地球。日子久了之後，吉普摸清了第谷起伏劇烈的脾氣，甚至在他本人尚不覺得會發作前就能預測。這一切體貼入微的關切其實也具雙面意義。在侏儒隱祕的私心裡，他忍不住滋養著一種刻薄的快感：他服侍的人比他還醜。而這一切之中卻也夾雜了部分溫柔，因為在吉普眼中，第谷．布拉赫終究比較不是一個握有絕對大權的主人，而是一個同病相憐的夥伴。漸漸地，侏儒彷彿成了天文學家的鏡子。一面奇怪的鏡子，能猜測他的想法，還能替他表達。因此吉普知道當第谷想把某個不配他親自動手的傢伙的嘴巴封住時，可以蠻橫或刻薄到什麼地步。侏儒化身為第谷的殘酷，代他出擊。

進入研究室後，他刻意暫停了一下，然後才走向擺放理容用具的櫃子。經過書桌時，第谷正在收拾筆記，吉普若無其事地對他說：

「小心點，來自克努德史圖普的第谷．布拉赫，你的鬍子氣色很差！」

那是他們之間的一個老玩笑。第谷的鬍子，吉普可是眼看著它冒出來，慢慢變長又變漂亮的。鬍毛是在鼻子被砍掉前不久長出來的。量多濃密，金黃耀眼，將主人的臉孔映襯得容光煥發，引人注目，就連在鬍鬚上方閃閃發亮的金鼻子都有點被搶去風頭。在第谷小時候常聽的睡前童話中，英勇的齊格魯德勝過斯堪地那維亞神話中其他所有的英雄。傳說講述他如何在打敗侏儒變成的巨龍法夫納，浸泡過龍血之後，得到通曉鳥語的天賦。多虧鳥兒們，他聽到了叛徒們策劃陰謀害他的風聲。孩提時的第谷暗暗發誓：長大後要變成像齊格魯德那樣的人。十八歲時，他長得高大挺拔，再加上儀表堂堂，已十分接近他的偶像；直到那場不祥的決鬥戳破他所有偉大的幻影，結束了一切。被一個笨蛋削去鼻子實在沒什麼值得光彩。關於他的英雄夢，只剩鬍子留下來。在那之後，兩道細心保養的鬍鬚框在他的嘴唇周圍，已幾近四十年。

吉普拉出收在書桌下的梯凳，搬到主人扶手椅後面，爬上去，手裡拿著理容用具。

「你剛才跟我說了什麼，我沒聽到。」侏儒拿布巾圍住他的肩膀時，第谷問道。

「我說了一些你早就心知肚明的事。每次你開始生悶氣，臉頰就整個垮下來，活像老奶媽下垂的奶子。你的鬍子也往下掉了一大層，人家簡直以為戴在你臉上的面具快要骨肉分離，滴落在襯衫上了。」

「你真是一點情面都不留。」

「到底是誰教我的？是誰說同情是一種可憎的情感？好了，皇室數學家大人，今天是你功成名就之日。在這種時刻明擺著一張潰敗的臉很不得體！」

此話尖酸刺耳，但吉普這番責備卻讓第谷恢復了笑容。他的鬍尖往上提升了一大截，臉上再現他的肖像畫中表現出的那種高貴自恃。不過，在他心底，他無法不去想：吉普所說的功成名就的確褒揚了這段出色的流亡生涯，卻絲毫無法慰藉他被丹麥宮廷放逐的事實。本來，他應該是在那裡，哥本哈根，他的家鄉，品嘗榮耀和名譽的真正滋味。正因如此，今天，對於與丹麥大使洛文希爾姆的會面，他滿懷期望。在他眼中，那是唯一有能力幫他的人，幫他獲得克里斯蒂安四世的恩赦，啟動困難重重的返鄉機制。

侏儒剛取下天文學家從早到晚戴在頭上的塔夫綢刺繡軟帽。接近四十歲的時候，他發明了這種天真的狡猾招數，藉此向周圍的人隱瞞他開始禿頭的事。只有他的妹妹蘇菲亞和吉普知道原委。這會兒他的帽子突然被摘掉，他覺得自己簡直跟赤身裸體沒兩樣。

「現在情況如何？」他探問，語氣聽來如同一個詢問冰雹或火災災情的人。

「冠冕尚稱豐厚，周圍逐漸稀薄，至於圓頂，完美得讓最吹毛求疵的僧侶也要嫉妒得臉色發白。」

對這整段回答，第谷只悶聲低斥了一聲。一種皮肉和金屬同時發出的奇怪振響。吉普早已聽慣了，但在此刻，他想到，如果機器人擁有神奇的說話能力，大概就會發出這種聲音。吉普瘋狂熱愛機器人。每當國王展示他那些迷人收藏中的某一尊，對他來說，沒有比這更快樂的事了。吉普特別喜歡一尊拋耍一顆鳳梨的小黑人。他為那尊機器人著迷不已，有一天早上，他甚至用木炭把自己塗黑，手裡拿到什麼就拋耍什麼，整天假冒機器人，眼睛還轉來轉去，把那個機械小人模仿得維妙維肖。

吉普靈巧地操作著梳子和剪刀，思緒飄到了機器娃娃這個他真心喜愛的題材上。一綹綹髮絲，如今花白多過金黃，掉落在第谷的肩上；侏儒鬆開幻想的韁繩，任憑馳騁。他開始想像一座星球，所有的一切都與我們的地球相似，但完全沒有人類，甚至沒有任何近似人類的生物。那座星球上只有機器人，個個設計精良，調整精確，每一尊都只完成一項的工作就好。一個完美運行的世界，沒有暴力，沒有生老病死，一切的運作只為運作之美感。某種巨大的金屬玩偶報時鐘，用各種沒有瑕疵的人物扮演、帶動，在屋子裡進進出出，沒有別的目的，只為演一場來來去去、不知所云的芭蕾舞劇，純粹賞心悅目而已。一個沒有瘋子的世界，所以，也沒有欲望和犯罪。最後他得到的結論是：這樣的一個世界可能異常無趣；另一方面，他也自問：人類其實不就是被某個荒唐的造物主弄壞了的機器人？光是想到這種假設可能，他就打了個寒顫，彷彿心中的假設即將跨越牙關說出口，而他將因此在這個世界被判火刑，為冥界地獄之永恆火焰拉開序幕。他的想像正達瘋狂之際，一道駭人的閃電劃過天空，猛烈可比啟示錄。炫目的閃光照亮幽暗的房間，隨即而來的是震耳欲聾的雷響。吉普手中的剪刀差點滑落。第谷也嚇了一跳。感覺上那雷擊簡直直接打中了城堡。坊間又陷入一片漆黑，而在此同時，一聲慘叫接著雷聲而來。那是一種發自肉體深處，飽受驚嚇痛苦折磨的叫聲。最殘酷的刑具也無法讓一個氣喘吁吁的受虐者發出更淒慘的哀號。聲音來自門後，通往宏偉主樓梯的廊道。慘叫一出，立即傳來人聲嘈雜，厚靴四處狂奔，重物掉落的巨響。吉普急忙爬下梯凳。第谷將扶手椅往後退，扯掉滿是落髮的護巾，一把抄起塔夫綢圓扁帽，迅速戴在頭頂上。

廊道裡混亂不堪，儘管打了幾盞燈籠，視線還是很差。穿著怪異制服的僕從們在散成一地的行囊中忙成一片，英語、捷克語和普魯士方言交雜，還有把手圈在嘴邊，大聲叫喚城堡的侍從。第谷走上前去；眼見他接近，人群讓開一條路。在這股人群旋風的中心，黑白相間的地磚上還殘留著一大堆絲綢和滾出拉長的精緻花邊，從中露出一張蒼白的臉和戴著山羊羔皮手套的雙手：一位女士剛剛暈了過去。天文學家朝她彎下腰，立即認出她是誰。

「馮．拜德貝克伯爵夫人，」他故意說給吉普聽：「十年前左右，我曾聽她為仁慈的國王弗雷德里克演唱，歌喉不同凡響。」

「的確，她的尖叫很有說服力。」侏儒回嘴，「但她現在可完全默不作聲啦！」

一名侍從，正好是掌管該樓層鑰匙的門房，走向第谷：

「已經有人去請宮廷醫師……」

「不需勞駕赫赫有名的麥耶，」第谷打斷他：「我們親愛的朋友不久後就能站起來了。」

他說到做到，伸手就往昏厥的女士紮實地甩了兩巴掌。幾乎就在下一秒，她的眼皮眨了幾下，然後睜大了眼睛。

「發生了什麼事？」她用德語含糊地問，慢慢恢復意識。

「歡迎來到布拉格，親愛的伯爵夫人。」第谷．布拉赫柔聲回應。

「這對伯爵夫人的貞潔是一項可憎的玷污！」一個義大利口音濃重，面相狡猾的男人大喊：他踮起腳尖，用一種想殺人的目光狠狠地瞪著第谷。

第谷毫不以為意，對女士伸出手，幫她站起身。

「戴著金色鼻子的人！」她驚呼一聲，認出了這位紳士。

「擁有黃金歌喉的女士！」紳士回敬，遞上一個裝在精緻皮袋裡的小水晶瓶。「懇請您，夫人，請飲用幾滴我的長生靈藥。您的不適將煙消雲散。」

伯爵夫人將雙唇湊上水晶瓶緣，吞下一大口。然而那個義大利人緊咬不放，氣得發抖：

「他竟敢將手放在您身上，夫人！」

「而您卻不敢，聲樂大師大人，您本人寧願把我丟在地磚上受苦也不管？」

看著那個理直氣壯地糾錯的傢伙一臉沮喪，第谷實在壓抑不住微笑。遠方，暴風雨來勢洶洶，轟隆作響。伯爵夫人突然恢復了活力，把水晶瓶還給第谷。

「大人，可否勞您費心送我回我的住處呢？從小，暴風雨總令我的心臟凍結，而我不知道自己是否撐得住再一次的閃電。」

「我確定您不是一位芳心被雷擊中就輕易屈服的女性，但能為您伸出臂膀是我的榮幸。」第谷始終面帶微笑。

樓層門房低調地指引了方向。小隊人馬邁開步伐：英國僕從們收拾好行李皮箱和釘釦裝飾的小木箱，女僕們分工撿起斗篷、大衣、帽盒和化妝箱。天生為畸形所苦的門房一拐一跛地走在最前頭，吉普跟在他後面一跳一跳，滑稽古怪地模仿他扭腰擺臀的醜態。

快到廊道另一端的出口時，一名男子向他們迎面走來。儘管光線昏暗，第谷仍立即認出麥耶：因為他那把方形鬍鬚和身上那件因煉金研究而破損的長衫。看見這麼一個敞襟袒胸的人朝自己走來，伯爵夫人明顯往後退了一小步。第谷介入發話：

「伯爵夫人，容我向您介紹我這位出色的朋友，米迦埃．麥耶，卓越的醫生，帕拉塞爾斯[8]的信徒，才華洋溢的煉金師。

「而這位是艾麗卡．馮．拜德貝克夫人，受國王陛下之邀，特來為我們獻唱，我們將有幸一飽耳福。」

粗野不羈的外表下，麥耶其實是個深諳禮教的宮廷之士。他充滿敬意地深深一鞠躬。

「比起眼睛，聲音更是通往靈魂之路。若您的健康狀況許可的話，夫人，能聆聽您的歌聲將是我的榮幸。」

「謝謝您，大人。不過特地勞駕您跑一趟，恐怕是小題大作了。這只是一次暴風雨引起的暫時不適。請放心，儘管寡居難免憂傷，我的身體還很健康。」

門房打開一扇門，露出一間前廳。

「伯爵夫人的套間到了。」說完他便退下。

8 帕拉塞爾斯（Paracelsus, 1493~1541），醫生、煉金術師、占星師。

義大利聲樂老師趁機把事情攬回自己身上。依據他的命令，扛著行李的奴僕們進入套間，伯爵夫人則向麥耶和布拉赫告辭。

「我們等一下見，兩位大人。現在，請容我去讓嗓子休息一會兒。為各位獻唱時，歌喉定然更加美妙。」

她微笑欠身，在她寬闊的旅裝裙襬搖曳中不見人影，門也隨著綢緞的窸窣聲關上。

樓層廊道上只剩下麥耶與吉普和布拉赫。麥耶問天文學家：

「這位女士是您的朋友？」

「我是在赫爾辛格的城堡認識她的。當時她已經嫁為人婦。她的歌唱功力會讓您為之驚豔，一曲牧歌就能撩動您的心弦，無人能出其右。」

「我希望她不是您重要的心上人，布拉赫，因為這位女子即將不久於人世。」

「少來了，您在說什麼呀?!她的神經約莫很脆弱，但她還年輕，體質強健。我剛才親眼看見她幾秒鐘內就恢復了生氣，而且……」

「然而當她跟我說話時，我聞到了她口腔傳來的氣味。胃液的酸性太強，所以味道很重。此外，雖然她的目光炯炯有神，但鞏膜，也就是眼白，布滿血絲，而且靠眼皮的地方染上黃色。這些是胃或肝臟惡性腫瘤的典型症狀。這種病無藥可救。請留心您對她的友誼，因為她活不久了……好了，我剛才匆匆忙忙地離開熔爐，現在得趕快回去了……晚點見，布拉赫。」

米迦埃．麥耶轉身就走，完全不管他的診斷對天文學家造成了什麼影響。這一位聽他講完，若有所思，走在幽暗廊道的腳步慢了下來。所以塔羅牌並沒說錯，而是他，第谷．布拉赫，不曉得正確的解讀方式。儘管膀胱仍持續抽痛，他卻覺得自己突然健康了起來。死神確實可能在城堡各走道徘徊，但並非為了他而來。

第三章　天文儀器

「所以有一種天性，容納並主導整個世界，而它並未被奪去情感和理智。」

——西塞羅，《論神性》

史卜朗格勒體型魁梧，吉普縮在他的兩隻腳中間，捏了他的小腿肚一下。

「別發出這麼大的聲響，你呼吸起來簡直像頭牛，連教堂鐘樓裡的人都聽到了！」

兩人藏身在遮蔽一扇緊閉窗戶的簾幕後面。他們位於某條通往許多房間的走道，每隔一大段距離有一支點亮的火把照明。城堡深處傳來一陣長號吹響。

「來了，這是在宣布第谷的演講即將展開。」侏儒悄聲說，「所有人都將下樓去欣賞他那些儀器。」

他的語調中帶有一絲調侃，可沒逃過伙伴的耳朵。

「聽起來你沒把他當成很偉大的學者看待？」畫家質疑。

「噓！」吉普喝止他。

他們藏身處附近的門剛剛開啟。裡面走出一個一臉疲憊的男人。他的眼神黯淡，深深的黑眼圈，頭髮稀疏花白，鼻梁細長，兩片薄唇周圍的山羊鬍經過悉心修剪。他整個人散發嚴峻的氣勢，甚至些許冷酷。他穿著一件寬大的黑色教袍，紅色的滾邊，腰帶和鈕釦透露他的主教職位。他背後跟著一名戴著修道士頭巾的僧侶，小心翼翼地用鑰匙把門鎖上。

「我不願讓這個房間太久沒人看守，」白拉敏表示，語氣出奇溫和。「第谷．布拉赫的演說一結束，安瑟默兄弟，請您立刻回來這裡。我會派人把晚餐端上來給您。」

「好的，主教。」

小教士再次檢查房門確實鎖上了，跟著主教離去，兩人都消失在走道盡頭。史卜朗格勒視線不移地緊盯著他們。

「所以就是他把可憐的喬丹諾·布魯諾判處火刑？」

吉普在胸前畫了個誇張的十字，做出一副驚恐的表情。

「你這個壞教徒，別替異端份子說話！這位羅貝托·白拉敏剛被教皇任命為主教，是教會裡權力最高的人之一，假如他懷疑你對喬丹諾·布魯諾抱持友善的想法，儘管都已經是過去的事了，你自己也會被活活燒死。而你還真是罪有應得！」

「好啦，夠了，我閉嘴就是。」

喬納森·史卜朗格勒穿越走道，撥動主教房間的門栓，卻怎麼樣也推不開。

「沒錯，鎖上了……你有什麼辦法嗎？」

「你運氣很好，我很討城堡鎖匠的歡心。」吉普自吹自擂，從口袋中掏出一串鑰匙。

「他把我當成預言家，我要什麼他都不能拒絕。」

侏儒試了幾把鑰匙都沒成功。他的臉剛好跟鎖孔差不多高。他換一把新鑰匙，輕輕轉動，把耳朵貼在門板上。

「行了，我聽見咔拉一聲。」

但就在門鎖開始鬆動之時，隔壁房間的門突然一下子打開，呈現一幅賞心悅目的畫面。吉普和迷人的女子都嚇了一跳。侏儒猛然後退，踩到史卜朗格勒的腳，他疼得大叫：

「小心點，該死的矮子！」

「先生們……」

貝特漢姆女爵，亦即多徹斯特公爵夫人，顯得特別溫柔可人。史卜朗格勒克制住大拇趾的疼痛，試圖露出微笑；而吉普則連忙把鑰匙串放回上衣口袋。

「見過女爵。」侏儒彎腰行禮。

「在下喬納森．史卜朗格勒，宮廷官方畫師。」魁梧壯漢自我介紹。

貝特漢姆女爵頓時感到好笑，眼前對她鞠躬的兩人對比太強烈：高大的史卜朗格勒堵住了走道大半去路，而矮小的吉普只有她膝蓋那麼一點高。

「先生們，我猜，兩位也要去西班牙廳，聽布拉赫先生介紹他的發明？」

「確實如此，公爵夫人……」吉普點頭。

「……而我們很高興能陪您前去。」史卜朗格勒接著說。多徹斯特公爵夫人的白皙美貌已給了他新肖像畫的靈感。

他正想伸出手臂讓這位英國美人挽住，一個唉聲歎氣，氣喘吁吁又不斷輕咳的人從房裡出來，一面調整他的假髮。多徹斯特公爵銳利的目光瞪了史卜朗格勒一眼，並看清楚站在影子裡的吉普，含糊地嘟囔了一句日安，然後挽住他的妻子，帶她走入長廊。貝特漢姆女爵任由他牽引，但在經過羅貝托·白拉敏門前時，好奇地多看了一眼。

「我們被她看見了。」吉普悄聲對伙伴說，「她知道我們剛才想進入主教的房間。」

「那又怎麼樣？」

「我不喜歡這種狀況。」

「談好的價錢我已經付了一半，吉普，你不能丟下我。另外找個辦法把那幅畫給我看。」

走到廊道盡頭時，老公爵用一種古怪的尖高嗓音打聽晚宴的菜單。

「有人宣稱布拉格已成為歐洲最美味的餐桌之一，希望魯道夫真的不負如此美名！」很顯然的，貝特漢姆爵士已到了口腹之慾更勝肉體之慾的年紀了。

「我們跟著他們走吧！」吉普悄聲說。「留在這裡只會加深公爵夫人的懷疑。」

史卜朗格勒點點下巴表示同意。於是畫家與侏儒，因這個情勢成為盟友，追上多徹斯特夫婦的腳步前進。

漢娜．朗德親自點亮巨大燭臺上的最後一根蠟燭，大廳中央燈火通明。她朝一名僕侍示意，下人急忙將燭臺拉升到藻井的天頂上。天頂上間隔整齊地排列著哈布斯堡的金色家徽，張牙舞爪的獅子，舌頭和以特殊琺瑯製成蔚藍色的王冠。當燭臺燈升至天頂之端，魯道夫二世進場，驕傲地彰顯聖維特勳章。他後面緊跟著身穿宴會禮服的第谷．布拉赫，以及他的胞妹蘇菲亞。第谷偶爾伸手摸摸後腦，確認他的新髮型，然後又摸摸假鼻子；他先前抹了一點粉，遮去閃閃金光。蘇菲亞用一件翠玉綠長裙遮掩她稍嫌笨重的身形，裙襬拖曳在地上，平口領露出一點肩膀。她只戴了一條簡單的珍珠項鍊，頭髮往後梳，用一條銀色髮帶固定。三人後面跟著一個嚴肅的男人，一身黑衣；看他穿戴的圓帽和毛皮長披肩，簡直讓人以為他是從老彼得．布勒哲爾9的某幅畫中走出來的人物。他看上去滿臉不高興，目光掃視這座整個為第谷．布拉赫而布置的大廳，結果卻只讓他更惱火。繆勒史坦，財務總監，抓緊布拉格城堡財產錢包束口繩的人。第谷是他的頭號敵人。在他眼中，第谷只代表著無用的花費來源，說不定私下把錢都暗中偷運到丹麥去了。西班牙廳門口的接待員宣唱名號，賓客們依序從大門進場。

「丹麥大使，洛文希爾姆閣下！」

一名身材高大的男子邁步向前。他一身打扮精緻卻保持低調：赭紅色的合身短衣和燈籠褲，腰間繫著一條金色的細腰帶，扁平黑帽上插著一根小羽毛，肩上隨興地披著一件鑲了銀線的寬斗篷。他的脖子上戴著大象騎士團的勳章項鍊。但這位老練的外交官讓人第一眼就印象深刻之處在於他的臉。若是洛文希爾姆大使從某個城堡突堞上探頭一會兒，他很容易被誤認為一隻滴水獸。他的前額比伏爾塔瓦河的鵝卵石還要光滑，鼻頭如鳶尾草的球根；雙眼突出，像是在兩棲類動物身上常見的模樣。這一切組合成一張令人不安的面容，但這張臉的後面卻藏著當時數一數二的卓越頭腦。儘管生得這副「害牛奶還沒從奶頭擠出就餿掉」的外表——打掃他房間的女傭總喜歡這樣形容他——大使可是獵豔高手。有錢又有權，若同時再加上聰明才智，對有主見的女人們來說，比可愛的表情和如絲媚眼更容易擄獲其芳心。總之她們知道前述那些特質持續得比較久。在情場上，大使的手段既細緻又不走正道，與他在各國王和各國家之間串連起的那些聰明絕頂的陰謀如出一轍。對他來說，那是同種遊戲的兩面玩法。他向魯道夫行禮，國王出其不意地給了他一個熱情地擁抱，彷彿想藉這個動作博得這

9 老彼得・布勒哲爾（Pieter Bruegel de Oude, 1525~1569），以自然風景、農民形象與鄉村生活為題材的畫作聞名。

位敏銳外交官的好感，並堵住他尚未孵出的各種潛藏詭計。第谷和蘇菲亞用丹麥語跟大使交談了幾句，王室內侍宣告：

「貝特漢姆勳爵暨多徹斯特公爵！貝特漢姆女爵！喬納森・史卜朗格勒先生！羅貝托・白拉敏主教！道明會的安瑟默教士！」

吉普不在唱名之列，他沿著牆邊回到第谷・布拉赫身邊。

「馮・拜德貝克伯爵夫人！希佐利大師！」

先前曾昏厥過去的伯爵夫人已恢復了元氣，走到魯道夫二世面前行禮；而她的聲樂教師膽子較小，悄悄溜到一扇窗邊。最後兩位受邀者總算進場。天文學家克卜勒修剪成方形的鬍鬚占去褶領大半面積，一雙近視眼不安地東張西望。御醫米迦埃・麥耶只剛好來得及在敞開的襯衫外面草草加了一件簡單的灰布短大衣。魯道夫二世簡短說了幾句話，感謝賓客蒞臨，然後就讓第谷・布拉赫發言。天文學家大大地深吸了一口氣，打量這全場的嘉賓雲集，開口說話：

「公爵夫人，公爵大人，伯爵夫人，大使，主教，各位夫人，各位先生，首先請讓我感謝我的贊助人魯道夫二世，因其睿智，在他的布拉格宮廷中，藝術與科學得以結合……」

第谷滔滔不絕地讚美，一面偷瞄了審判官白拉敏幾眼，而審判官本人的視線則從頭到尾都沒有離開他。情勢顯得非常緊繃：不可像哥白尼那樣，宣稱地球繞著太陽轉，但必須讓教皇的使者同意一種兩者兼顧的理論。根據這項理論，倘若如約翰尼斯．克卜勒的計算顯示，星體皆繞著太陽轉，這整個運作系統則深受地球吸引，在其周圍移動；也就是說，地球仍是宇宙的中心。很顯然地，克卜勒摒棄這項假說的後半部分，但第谷確切清楚地了解，他那年輕出色的助手在白拉敏面前應會謹慎地閉上嘴。去年初，喬丹諾．布魯諾才剛在異常駭人的情況下被處決，從此之後，質疑教會正法的聲音極少響起。展示到了尾聲，第谷披露一張圖，呈現他構想中的天空，以此總結。賓客群中一片靜默。白拉敏伸出一隻手指，在他的薄唇上心事重重地游移。他銳利的目光深深望入布拉赫的眼睛，卻也並未因此就忘記他一貫溫和的語氣，終於開口提出決定性的問題。天文學家是異端派還是正教派，將由這個問題的答案來定奪。

「所以，閣下，您打算摧毀亞里斯多德的學說？」

「上帝祐我，我的主教大人。」布拉赫為自己辯護。「我僅針對亞里斯多德在天體運行這個領域中所相信的狀況進行反駁。一名科學家不可相信未經證明之事。他沒做的事，是將他從經驗中所觀察到的送入檢驗之火中加以焚燒。知識凌駕於信仰之上。」

火堆與焚燒的隱喻立即讓教會使者憶起喬丹諾．布魯諾的事件。

「難道聖經檢驗得不夠徹底？」

「的確，我的主教大人。但聖經中沒有任何一個地方在探討天體的物質性。理由無懈可擊：它們根本不在上帝考慮之列。」

白拉敏沉思了一會兒，喊問：

「依據您的看法，所以彗星並非位於月球之下、地球之上？」

「根據我的計算，的確不是。彗星與我們的距離比古希臘人所想的遠得多。因此，它們的軌道應該會把各行星之間的軌道面撞成碎片飛散。然而，我們可以看到，一五七五年的彗星經過時，什麼也沒發生，所有行星都繼續運轉。這就證明了堅固的軌道面並不存在。」

克卜勒認為此刻是發言的好時機。

「行星的軌道即是一道道橢圓，而太陽正位於其中一個中心點。」他以下結論的口氣補上一句。

「所以，這麼說的話，它們在天空中究竟如何保持不墜？」白拉敏暴跳起來：「您是否以異教徒布魯諾為榜樣，支持宇宙無限而且由虛無構成？」

第谷．布拉赫立即聽出主教語帶威脅。情況緊急，必須立刻封住克卜勒的嘴。那該死的傢伙竟鋌而走險，踏上一條危機四伏的路。

「目前我們的科學仍不完美，主教大人。或許我們可以如此推測：行星擁有某種符合上帝旨意的靈魂。因此，它們被一種回轉運動所帶動，並維繫於各自的軌道之內……透過上帝的旨意。至於天空的範圍，我們還需要許多年的漫長歲月才能展開真正的測量。」

「那地球在這之中是什麼情況？」

「它固定不動，主教大人。而太陽繞著它轉。」

第谷朝他的圖表比劃了一下。白拉敏泛起一個謎樣的微笑，開始輕輕拍起手，並微微點頭，以此表示同意布拉赫的地日心說可通行無阻。所有賓客皆鬆了一口氣。天文學家嚴厲地瞪了克卜勒一眼，一面拭去沿著臉頰滑下的一顆汗珠；終於發出一聲放心的歎息；然後，拗不過渴望了解觀測象限的安瑟默教士之請求，只好為他詳細解說操作方式。蘇菲亞趁機接近洛文希爾姆，丹麥大使打量所有觀察天體的儀器，露出茫然無趣的表情：地球上的事情就非常夠他忙的了。

「大使閣下，能再見到您令我欣喜若狂。希望您這一路旅途順暢。」

年輕女子用丹麥文表達，洛文希爾姆也用同樣的語言回應。

「來到布拉格宮廷永遠是十分喜悅之事。我很高興看見您的兄長第谷在此受到尊崇。」

「難道他不值得如此殊榮？」

「當然值得，而且這項理論，他是怎麼命名的，地日心說，似乎讓國王和教會皆大歡喜；在我看來這稱得上是最大的成就。」

「在丹麥宮廷裡，人們偶爾會談論他嗎？」

「在丹麥宮廷裡，人們談論很多事。」

蘇菲亞不再堅持追問，聽了洛文希爾姆這幾句話，她已經明白，哥哥不會那麼快獲得新任國君克里斯蒂安四世的恩赦，得以返鄉。大使離開，去找多徹斯特公爵夫人。那兩個人，根本像是同一塊麵團揉出來的，混合了玩世不恭，重重心機和行事隱密，蘇菲亞心想。老公爵猛然吼了一聲，把她叫喚過去。老先生很快就對第谷．布拉赫的觀測儀器失去興趣，腦袋裡只想著一件事：晚宴。

「抱歉，親愛的，您知道我們什麼時候可以開始吃飯？」

「應該不至於太晚，公爵大人。」

「既然您熟知城堡事務，可否透露一下今晚的菜單？」

「我們似乎會從肉餡派餅開始，然後有一道鯉魚，野獵肉醬凍和各種烤禽。」

虛弱老人頓時容光煥發：

「好樣的！」

「而且我好像看見他們搬運了幾大壺匈牙利白酒。」

「這可就讓人開心了！不過，親愛的孩子，我們該記得，人是為了活而吃，並非為了吃而活。」公爵補上一句，但心中早已決定反其道而行。

大廳的另一端，與白拉敏審判官一番言語交鋒之後，第谷．布拉赫的情緒還有些激動，試圖利用各種渾天儀向安瑟默弟兄解釋星體之間的相對運動。可憐的道明會教士，想法還停留在地球應該是平的，所以根本完全聽不懂天文學家的說明。至於國王魯道夫二世，他早就迅速撲向馮．拜德貝克伯爵夫人；在夫人的身影旁，聲樂大師也溜了進來。三人談論起音樂。

「我素知國王您的品味，所以準備了阿卡代爾特的牧歌選，還有一些克勞狄歐．蒙臺威爾第的新曲。」

「當然，經過我重新縮編，改成二聲部。」聲樂大師特別強調，略帶幾許自滿。

「當然。」魯道夫心不在焉地跟著說，目光卻潛入伯爵夫人大方敞開的胸口。「親愛的艾麗卡，我該找個時間帶您參觀我們的圖書室：我們剛收到一捆樂譜，出自大名鼎鼎的傑蘇阿爾多[10]之手，至少他美妙的音樂與荒誕的生活一樣聞名。」

「我十分好奇，想與您一起去發掘。」伯爵夫人綻露微笑，全身散發魅力。

下午那場不適已被抛到九霄雲外。今天晚上，她穿著一件大馬士革紅綢裙，寬大的篷袖蓋住她纖細的手臂，顯得特別誘人。裙裝前襟，一件偏暗紅色，綴著蕾絲的上衣，巧妙地凸顯她的胸部。她沒有佩戴任何首飾，僅讓一頭威尼斯人的金色長髮隨意披在肩頭，而她的妝容比蘇菲亞和瑪格麗特女爵淡雅，將她的綠色大眼睛襯托得更閃亮。魯道夫見她心情如此之好，暗自許諾，在尚未占盡好處之前，絕不讓她離開：他一直夢想去探索這位女神藏在刺繡錦衣之下的曼妙身軀，而此事也大可以在圖書室發生……魯道夫全心讚歎伯爵夫人，怎可能注意到瑪格麗特女爵的求偶舞跳得毫不遜色。她剛與洛文希爾姆交談了幾句，討論歐洲各王室的現況，便起了玩心，加入一場看誰話較少卻蒐集到較多情報的遊戲。分別時，兩人平分秋色，互相承諾晚一點再戰一局。多徹斯特公爵夫人確實受聘於伊莉莎白女王，藉著旅行參訪，將目前歐洲大陸列強最詳細的情報向女王陛下報告。至於洛文希爾姆，他倒是很希望知道，在荷蘭對抗西班牙的戰爭中，英國女王願意對荷蘭的清教徒支持到什麼程度。瑪格麗特女爵假裝對第谷．布拉赫給安瑟默教士的解說很感興趣，一邊注意到克卜勒窩在大廳角落悶悶不樂，怨氣沖天。終於，宣布晚宴開始。魯道夫二世對艾麗卡伯爵夫人伸出手臂，瑪格麗特女爵則回收她的老丈夫；賓客們跟在他們後面，朝寬敞的餐廳前進，漢娜．朗德已帶著一班男女僕役恭候多時。西班牙廳的角落，喬瑟夫．卡索夫和他的侄子馬泰烏斯看著這群名流貴族走出大門。

「我覺得您似乎心事重重，親愛的叔父。」馬泰烏斯低聲說。

「是的……看著這群人，表面上為了一個美妙的夜晚而聚在一起，然而，我知道每個人都有雙重甚至三重打算，追求各自的異想天開，捍衛自己的利益，那可是遠遠超出我們的想像啊，我親愛的侄子。」

「管他的，只要一切順利無事就好！」

「監管這一切的責任在於我們呀！不過，記住，處理這類大人物時，隨便一點小意外，情勢就可能受到影響，急轉直下。你看到天文學家和主教了嗎？他差一點過不了關。」

「然而第谷．布拉赫可是魯道夫二世保護的寵臣之一……」

「你知道嗎？有句拉丁文諺語說：榮譽與失敗僅咫尺之隔。」

10 傑蘇阿爾多（Carlo Gesualdo, 1566~1613），文藝復興時期義大利作曲家與魯特琴演奏家，作品以牧歌最著名。

漢娜．朗德顧慮到了所有事。無數蠟燭的亮光在昂貴的餐具和刀叉上舞動；周圍的家具上皆擺設了奢華講究的花束；而在餐廳盡頭，還有一小支樂隊演奏。魯道夫在主位坐下。他把艾麗卡．馮．拜德貝克安排在他的右邊，洛文希爾姆在他的左邊。稍遠一點，第谷坐在白拉敏對面，而吉普、克卜勒和繆勒史坦則被發配到桌子另一端。至於安瑟默教士，如事先計畫好的，已被派回主教的房間，有人會為他送上一份晚餐。牛肝菌肉餡派餅得到熱烈好評。若說多徹斯特公爵夫人吃東西僅沾個唇邊即止——比起屬於秋季的美味，她更專注於側聽人們交談，以求說不定隨時能有意外收穫——她的丈夫則吃下雙人分量。觀看一個如此骨瘦如材的軀體吞下那麼多食物，真是令人嘖嘖稱奇。他吃完後還要求再添。哈布斯堡國王特別留意讓鄰座美人的酒杯始終裝滿金黃色的佳釀。蘇菲亞與白拉敏主教談論起教皇城的美景，而米迦埃．麥耶則對第谷指出：晚宴菜單的設計並未遵循理想的消化原則，所以也不符合長壽養生之道。漢娜站在兩座枝狀燭臺之間，監控著鯉魚這道菜的裝飾。她一點也不覺得僕人的角色降低了自己的身分，反而很高興能完美策劃並呈現整個晚宴的流程。透過低調但精準的手勢，她將命令傳達給侍從們，確保美酒不缺，麵包籃一空就撤下換新。像這樣在暗處指揮全局，她有一種說不清楚的感受，不太像是付出身心為國王服務，更接近是在照顧一群被寵壞的荒唐孩童。克卜勒獨自在角落裡煩悶無聊，對著她露出個害羞的笑容，她卻毫無回應。

認同蘇菲亞．布拉赫對羅馬的讚美之後，白拉敏想必還是有點失望，未能把她的兄長以異端狂熱份子之名當場逮捕，於是轉向魯道夫二世，嘴角揚著淺淺的微笑。

「有人說，我親愛的國王，您本人也在追尋智者之石？」

「難道這不是一項比戰爭更好的活動嗎？主教大人？我知道，道明會的修士，比方說您的書記官安瑟默，曾將他們所持有的煉金術文獻大量摧毀。不過對實踐煉金之道的我而言，在這條路上，我看到的只是一種對完美的追尋。」

「其實是在追尋占據了您整個心神的黃金吧？」

「正好相反。我對黃金不感興趣，只想要能帶來健康和長生不老的金石粉末。此外，許多哲學家果決地把煉金大業與基督受難相比，教會的權威人士也並未因此激動鼓譟。」

「耶穌是為了世人的罪而犧牲了自己，魯道夫二世。」

米迦埃．麥耶認為此刻該挺身而出，為他的主子脫困。

「十字架上的耶穌達到了卓越完美的境界，主教大人，而那正是我們所追尋的目標。

此外，煉金之追尋所反映的正是我們心靈的純潔與不淨。」

主教明白，在這個題材上，他一樣無法贏得勝訴，也找不到任何口實可提起訴訟，於是十分有風度地行了個禮。事實上，第谷．布拉赫剛才的報告很合他的意。他並不排斥對教皇報告一種不危害教會法的宇宙學理論，而且還有當代最偉大的天文學家以其觀測結果背書。有了這項理論，想必足以一舉擊潰哥白尼派的異端思想。當然，還有那個奇怪的克卜勒，竟相信有一個無限大的空間存在……白拉敏決心多加留意這個年輕人，那傢伙的近視嚴重到必須把鼻子埋進餐盤，才能剝掉魚皮，挑出魚刺。像這樣一個眼力極差的可悲之人，竟自稱能解釋星體的路徑！

吃第二塊野味肉醬凍時，多徹斯特公爵已滿臉通紅，前額沁出一道汗。但他使叉子的速度絲毫沒有慢下來。聲樂大師希佐利坐在他的對面，無法掩飾對吃相如此狼吞虎嚥的嫌惡之感。洛文希爾姆看得出來，魯道夫二世只對坐在右邊的艾麗卡伯爵夫人有興趣，便對貝特漢姆女爵展開新一波的試探。

「法蘭西斯．德拉克11的逝去對英國來說是一項可怕的損失，不是嗎，女爵夫人？」

「您現在提的已是四年前的舊聞，大使閣下。我的國家有足夠的時間復原傷痛。」

「英國國家艦隊仍能獨掌海上霸權？」

「正是其中一艘將我平安無恙地送到大陸來，我別無所求。不過既然我們談起了海洋，貴國的鄰國瑞典，他們對波羅的海各海峽的奢望，進展到什麼程度了？」

「他們終究會忘記這檔事的，就像我們清晨醒來忘記曾經做過一場夢一樣……啊！烤野禽來了！」

這道菜上得正是時候。侍者們剛在桌上擺了至少四隻烤好也切好的閹雞，大盅醬料另外放在一旁。貝特漢姆勳爵有如見到田鼠的老鷹，撲向一隻多汁的雞腿，伸出叉子一叉，迅速放回自己的餐盤。

「幹得漂亮，公爵閣下。」史卜朗格勒誇讚，自己也享用一份可口的雞排。

貝特漢姆公爵已經忙著大口吞肉，僅草草笑了一下。希佐利深感噁心，低調起身，去與樂師們談話，向他們介紹艾麗卡伯爵夫人即將在晚餐後歌唱的曲子。

11 法蘭西斯．德拉克（Francis Drake, 1540~1596），英國著名的私掠船長、探險家和航海家，據知他是第二位在麥哲倫之後完成環球航海的探險家，更在一五八八年在英西戰爭中率領英國海軍擊敗西班牙的無敵艦隊。

「我們只需要一組持續的低音。」他從一個皮袋中拿出一疊牧歌樂譜，向大鍵琴師說明：「但是，有幾個段落，您必須彈出我們的聲部……」

吉普雖然已經高高坐在一個又厚又大的椅墊上，手臂仍然太短，搆不到食物，必須請他鄰座的繆勒史坦幫忙；而這一位則堅持精打細算分配給他的分量，彷彿故意表示他多麼痛恨魯道夫二世對一般客人的慷慨大方和鋪張浪費，對第谷．布拉赫和他的隨從們尤其討厭。因此，即使佳餚一道道獻給賓客，遭到財政總監的吝嗇控管，侏儒依然飢腸轆轆。他啃著一小塊麵包，一面觀察其他客人。另一種饑渴對他來說更加難以平息，一直纏繞著他：女人的軀體。任誰都能輕易看出，國王多麼迷戀艾麗卡伯爵夫人，所以對這位美人沒有什麼好奢望的了。剩下多徹斯特公爵夫人。是個危險的女人，這不在話下，但也因此更叫人興奮。吉普幻想了一下自己為她寬衣解帶的畫面：眼前曲線畢露，他偷享她雪白柔膚之祕密。他多麼想讓她知道，他這個人還擁有某些特質不像身體其他地方一樣短小！對，絕對錯不了，這位貝特漢姆女爵正是他理想中的女性。吉普的前額被撞了一小下，把他從春夢中喚醒。史卜朗格勒丟了一小塊麵包過來，正朝他使眼色。畫家沒忘記他們打算對安瑟默教士和那幅神祕畫像進行的計畫。吉普點點頭，讓他的同謀安心：反正，在晚餐結束以前，他們什麼也不能做。水果派和甜醬很快就端上場來，還搭配了葡萄牙紅酒。魯道夫舉起酒杯。

「我在此提議，我們大家為我親愛的天文學家第谷．布拉赫的健康乾杯，感謝他讓我們深入群星的奧祕！」

所有人都跟著國王一起舉杯，祝第谷盡享榮耀、財富，飛黃騰達。第谷簡短說了幾句表達謝意的話。他寧願這場敬酒能賜予他健康，而他喝完酒之後，還拿起水晶瓶多飲了一口。他的妹妹溫柔地牽起他的手。

「我親愛的第谷，既然今天的晚宴是專門為你設置的，好好享受這個時刻吧！」

「當然，蘇菲亞……不過跟主教的對談影響到我的胃，我坦白跟妳說，比起這些慶祝，我較喜歡煉金室的隱密低調。」

「你的回答很得體，無從挑剔，而且我們正直的約翰尼斯也很有智慧，適時閉上了嘴。」

第谷勉強擠出笑容。

「妳說得對。不過，我還是得等這群嘉賓全部都告別魯道夫之後才能睡得比較安穩。」

他看了艾麗卡．馮．拜德貝克伯爵夫人一眼，她的氣色似乎不像米迦埃．麥耶所診斷的那麼糟。蘇菲亞把一小盅甜點推到他面前，但他已經沒有食慾：死神就在附近徘徊的想法又來害他心神陰鬱。至於蘇菲亞，即使她努力用迷人的笑容轉換氣氛，也抵擋不住一種不好的預感。她沒辦法更精確地定義那種感覺，但在她看來，這群形形色色的人各懷鬼胎，目的如此分歧，其中可能包藏不幸的禍根。希佐利回來坐在史卜朗格勒旁邊，向他打聽布拉格宮廷提供了哪些好處——畢竟誰也不知道未來會怎麼樣。洛文希爾姆和瑪格麗特女爵已暫時休戰，只聊一些音樂和戲劇方面的話題。順道一提，兩人皆是威廉·莎士比亞的忠實仰慕者。

「我在出發之前，」公爵夫人透露，「曾在倫敦看了《亨利五世》的演出。這齣戲的劇本精采絕倫，即使我不相信法國宮廷會喜歡！」

「我猜，莎士比亞在這齣戲裡提到了阿金庫12的沉重潰敗？」

「法國人的潰敗。」貝特漢姆女爵連忙強調。

魯道夫二世發覺艾麗卡伯爵夫人其實很容易親近，幾乎已得到她的首肯，入夜之後來一場約會。他心滿意足，站起身，結束這場餐宴。

「現在，我們將移駕到音樂廳，馮·拜德貝克伯爵夫人將為我們詮釋法國和義大利牧歌。」

僕從們已經開始搬來各種樂器。所有人離開餐桌，跟著魯道夫和伯爵夫人，朝隔壁的廳室前進，那裡的壁爐烈火正旺。

正當優雅的一群人按照禮儀依序前進，一陣狂風突如其來，吹得一扇窗戶的兩扇窗扉大大敞開。窗上的插梢沒卡緊，在風壓之下鬆脫；狂風一下子吹熄了半數燭臺。一團枯葉被風捲入餐廳，落在餐桌上。小小的行列中，有人「啊呀！」叫出聲，有人受到驚嚇，開始推擠；但一名侍從急忙關上了窗，一切又恢復合乎禮儀和規矩的秩序。

漢娜．朗德注意控管，讓隊伍繼續移動，不再發生碰撞，並命令侍從們盡快捻熄狂風忘記吹滅的所有燭芯。她不禁愣愣地想：今天一個晚上，在她眼前融化的蠟燭數量，相當於她童年時家裡所用的一整年份。

12 阿金庫（Azincourt），位於今法國北部。發生在一四一五年十月二十五日的阿金庫戰役，法軍雖有優勢軍力，仍被英軍擊敗，是英法百年戰爭中著名的以少勝多戰役。

第四章　怪奇密室

「世界上根本沒有比人更令人害怕的動物。」

——蒙田，《隨筆》

魯道夫用力鼓掌，任自己澎湃的熱情爆發。一如所有神經緊張的人，音樂對他造成某種極為強烈鮮明的效應。當他卸下所有防備，心醉神馳地欣賞艾麗卡充滿魅力的演出，他覺得自己的魂魄乘著她的歌聲翱翔。對於比起任何人更常飽嘗慾望之折磨的他來說，發現一種戀愛新感受反而引發一種從來沒有過的困惑。同一個人竟有可能同時讓我們的心靈與肉體皆激動興奮？魯道夫最怕的就是纏綿結束時，每每襲捲而來的，有點灰心喪志的索然無味。因此他更逃避有時對某些女性所產生的那種既溫暖又枯燥的友誼。這一切讓魯道夫煩得要死，而他既怕死也怕煩。在拜德貝克伯爵夫人的觸動下，他的感官與心神混亂顛倒，讓他整個人充滿一種美妙的狂躁。不過，在貿然更進一步之前，他希望得到星星的庇護才能安心。所以，他的天文學家在等什麼呢？為何還不向他報告占星結果？他老早就預訂了，而且從早上就一直期盼著。所以那個可惡的男人到哪裡去了？這場盛宴畢竟是為他而舉辦的啊！話雖如此，國王其實有點急於遮掩他的如意算盤：今晚的盛大排場，有部分也是為了平息羅馬對他與日俱增的懷疑。不過，此事現在已經解決，他親眼看見白拉敏的態度軟化，魯道夫只想滿足自己的任性。對一位國王而言，一次任性的行為，就是一項他對自己下的命令；也就是說，在執行面上，變成了所有人都必須遵從的事。

蘇菲亞放棄走宏偉的主樓梯，取道僕人走的一條螺旋小梯，想盡快回到她與哥哥的寓所。宴會帶給她的樂趣向來頗為貧乏，儘管這次是為讚揚她的胞兄而舉行，她也很快就因為那樣熱鬧嘈雜的場面而倦乏。在拜德貝克夫人贏得滿堂彩的獨唱會之後，國王請樂隊演奏舞曲。蘇菲亞不喜歡跳舞。事實上，她只願意跟一個男人共舞幾步，那就是她的哥哥。她用目光搜尋第谷的身影，望向歡樂喧嘩起舞和圍著幾張小桌玩牌的人群，卻沒找到他。她想，他應該是先行告退了，多半是因為回答白拉敏那些驚險的問題需要拿出高度機智，令他感到疲累。想必他已經上樓回房間或去他的研究室，一如平時他餐後的習慣。

蘇菲亞帶著一名女僕走到樓上。到了他們的寓所門前，她讓女僕退下，只把持燭燈的僕役留在身邊。她急於跟第谷單獨見面。沒有比兄妹倆獨自相處更美好的時光了：他總是那麼溫柔地跟她聊著已經過去的一天，以及在即將到來的一天想做的計畫；而什麼也不說，共享祥和寧靜之圓滿，或許還更加倍溫暖。在僕役的帶領下，蘇菲亞走進幽暗的玄關。研究室裡也沒有任何燈光。她輕喚兄長的名字，沒有任何回應，就連吉普也沒動靜；一般來說，在這個時刻，他應該會侍候主子就寢。在蘇菲亞的命令下，僕役打開了通往寢室的門。床簾大開，房間裡沒人。她思忖了一下，天文學家也許去了天文臺；但她估計，這一時半刻內，天空的烏雲還很厚，根本看不到半顆星星。一定是這樣，第谷應該暫時離開了宴會一下，然後又回去了。蘇菲亞沒什麼心情再下樓去。她有點懊惱自己如此匆促地離開，但又安慰自己：明天，她將會是第一個向兄長道賀的人，恭喜他成為這所有榮耀的焦點。她命人點亮一盞燈籠，走向連接他們各自的房間之狹窄通道。這時，玄關傳來一聲結實的敲門聲。僕役開了門。是年輕的馬泰烏斯，因為一路跑上樓梯兒有點氣喘吁吁。

「請原諒，夫人，」他一進門就立刻道歉，「我以為能在這裡找到布拉赫大人。」

「您找他有何貴幹？」

「陛下在宴會上沒再看見他因而擔心，派我來請他回到座位上。」

蘇菲亞一時心神不寧。剛才退出宴會時，她自己也並未向陛下告辭，但她很清楚自己不致違反規儀。魯道夫二世幾乎完全不在意她在場或根本不在。相反地，第谷竟然忘了向贊助者請求告辭，一句話也沒說就離開，實在令人匪夷所思。

「我的兄長不在這裡，先生。我還以為他在國王身邊。」

「根本不在那裡，夫人。」

「那吉普呢？有人知道吉普在哪裡嗎？」

「我剛才在宴會廳出口遇到他，他正與畫家史卜朗格勒熱烈交談。他也未能告訴我他的主人在哪裡。」

一股沒由來的擔憂猛然湧上蘇菲亞心頭。就在最近，第谷才跟她提過健康方面的問題，無法解尿的障礙……也許她哥哥缺席這段時間是去解決尿急？或許他剛好哪裡不舒服？

「我跟您走，先生。要找到他，光我們兩個人可能還不夠。」

回到音樂沙龍之後，蘇菲亞和馬泰烏斯從一名侍從之處得知，國王才剛離開。侍從還說，陛下在等皇室數學家於明天一大早帶著拖欠許久的占星報告去見他。國王的態度驟轉急下，蘇菲亞和馬泰烏斯並不特別驚訝。魯道夫這種行為他們早已司空見慣。一大部分的嘉賓都跟著他離開了。樂師們正在收拾樂器，而在垂下的桌巾褶襬裡，貝特漢姆女爵的小狗啃著一根雞骨頭。稀稀疏疏的餐桌旁，只剩幾個放肆的酒徒還嫌自己醉得不夠徹底，另外就是一些打牌的人，癡心妄想著要贏回大筆錢財。這些人之中包含貝特漢姆勳爵。瑪格麗特女爵苦口婆心地勸他：

「您難道輸得還不夠？非要把整個多徹斯特領地都押在這張桌毯上不可？」

「您花了這麼長的時間還沒把我給毀了，親愛的，我當然得幫您一把才行！」公爵口齒不清地嘟噥，在單人扶手椅上被自己的玩笑話逗得前仆後仰。

因為，對於一個家財萬貫的人來說，沒有比誇說一種自知絕不會發生在自己頭上的窮苦絕境更好玩的事了。

「拜託，」瑪格麗特執意不讓步，「別耍小孩子脾氣。時候不早了，我非常倦累。」

「您讓我想起我的第一任妻子，」公爵頂嘴：「每次她自己打了個冷顫，就大驚小怪地對每個人說：『您要穿暖一點啊，我好冷！』如果您感到倦累，那麼就請您去睡覺，夫人，而不是來煩別人！」

蘇菲亞到場時假裝什麼也沒聽見，轉移了瑪格麗特女爵的注意。

「夫人，我們正在尋找我的兄長……不知道您是否看見他？」

「晚宴結束後就沒再看見他。出了什麼問題需要讓您擔心他的行蹤？」

「我非常急著想找到他。」蘇菲亞說，用微笑遮掩其實她揮之不去的擔憂。

「在您往那邊搜尋時，請容我也替您找找……」

她伸出手指，指著大廳對面那排門。

「誰先找到他就把他帶到這裡來。」瑪格麗特女爵又補上一句，突然整個人興奮起來。

「哎！我很樂意幫您這個忙。」

「請不必如此煩心……」

當然，公爵夫人根本沒有要幫蘇菲亞找到任何人的意思；但這麼一來，她恰好有了個藉口，可以離開丈夫，卻又不必就此直接回房。等到老勳爵想睡的時候，只要命人抬他上樓即可。而在這段時間，她將有足夠的餘裕去國王的寢殿逛一逛。方才稍早，餐宴之中，甚至接下來的獨唱會上，瑪格麗特女爵有理由相信，要為伊莉莎白女王打探一些情報並不至於太難。仔細觀察過之後，她覺得，根據性情，魯道夫二世幾乎對政治不感興趣，卻有點過於在意情愛之事。這兩項特點對她的工作助益匪淺。總之，第谷．布拉赫這場失蹤來得真是時候。

角落裡，喬瑟夫．卡索夫倚在一根柱子上，幾乎從音樂會開始就沒離開過這個觀察崗哨。發現侄子帶著蘇菲亞回來，他立刻得出結論：布拉赫大人沒有回應。魯道夫已在十分鐘前離開會場，空等他器重的數學家不到，想必惱怒不快。但卡索夫並未立即現身。他等著想看多徹斯特夫婦演出的這齣鬧劇如何收場。現在事情已經解決了，因為瑪格麗特女爵已像穿了隱形斗篷似地從南門離去，失去蹤影。卡索夫拿下叼在嘴裡的菸斗。那是一把白陶長嘴菸斗，從荷蘭開始流行的款式。菸斗早就熄了，他小心翼翼地收進襯了軟墊的專用木盒，然後收進寬袖長袍的衣袋裡。終於，他從暗處走出，朝侄兒和蘇菲亞靠近。

「夫人，」他說，「我有個想法：我們應該下樓，到城堡的地下層去。說不定布拉赫大人回到了煉金室，今天早上我們還在那裡看見他。要不然他也可能在地下層的其他房間。請您不必費力陪我們過去。我們很快就會回來的。至於您，若您想幫忙，可以往廚房那個方向去看看。也許僕人們正好能為您提供一些線索。半個鐘頭之後，若您願意的話，我們回來這裡會合。」

蘇菲亞點頭同意。地下層的廊廳皆是魯道夫的「密室」，一直令她有些恐懼。她僅曾應第谷之邀，心不甘情不願地去過兩、三次。相反地，在廚房內，她彷彿回到自己的家；因為她幾乎認識每一個人，也知道如何得到他們的援助。而且，禁衛隊長篤定的態度也讓她重拾信心。這個男人散發剛正不阿與穩當有效的氣息。他不會拖延，一定會盡快找回她親愛的第谷。

再次走進早上才經過的祕密暗梯，馬泰烏斯又湧起那種深入一頭怪獸臟腑的感受。不過，這一次，宛如聖經上巨魚腹中的約拿再世，他的好奇心勝過不適之感。叔父和他拿在手上揮動的火把塗了樹脂，在壁面上投射出晃動的微光，更讓人覺得自己並非位於一座石造宮殿，反而較像在某種奇幻生物跳動的腸道裡。一座怪物般的磚石建築，確實如此。從早期的波希米亞國王到魯道夫——德意志神聖羅馬帝國的新任君王——每一位都為雄偉的城堡印上了個人特色，累積了愈來愈多差異頗大的形態和空間。一五四一年的祝融吞噬了部分老舊結構，後來，地窖和地下廊道就依照變化多端的潮流狂想時時改建。這裡，還有別處也一樣，哥德風格曾經取代或遮蔽了羅馬風格，如今則把位置讓渡給巴洛克。叔侄兩人陸續推開標示著各種神像的門，查看國王絞盡腦汁構思出的一間間密室。所有房間都空空蕩蕩，兩人的火把只給看不見的鬼魂們徒增困擾。儘管如此，他們還是繼續查看。在「兵器室」裡，馬泰烏斯的目光落在一把精緻的青銅匕首上：這項武器就像一段殉道者的骨頭那樣，保存在一只玻璃骨灰罈內。

「竟有這種可能?!」男孩失聲驚問。

卡索夫停下腳步。

「怎麼回事？」

「假如銘文寫得沒錯，這把匕首曾刺殺凱撒陛下！」

他的叔父折返。卡索夫仔細打量那件物品，一面梳理著鬍鬚，深表懷疑。

「假如有人盤點所有基督教教堂裡鎖起珍藏的正宗十字架，恐怕能堆起一根比主教座堂的鐘樓還高的梁柱！」

馬泰烏斯眨眨眼睛。沒辦法，他叔父的口無遮攔讓他既擔心又讚歎。卡索夫憶起天文學家和白拉敏先前的討論，終於下了結論：

「真相其實在想像真相那人的目光裡。就算這把刀並非殺了凱撒陛下的那把，又有誰能證明呢？」

這番話讓年輕人陷入深深的迷惘，但喬瑟夫·卡索夫已經朝「醜惡陋物室」走遠。他趕緊跟上。

一隻大鱷魚用隱密藏起的掛勾吊在幾根梁柱下，往天花板攀爬，宛如一隻巨型蟑螂。他們進入時，鱷魚似乎轉過頭來，張大恐怖的下顎，恐嚇入侵者。其實，動的是光線，而非那頭怪物。沿著牆壁，高大的玻璃門櫥櫃與大理石半圓桌交替，各自展示一組組最難以想像的醜陋收藏。纏著牲品頭帶的動物乾屍，被遺棄的神像神情凶惡；還有一些骷顱人頭，鑲著精雕細琢的金屬，看起來彷彿一組貴重的亡靈器皿，另外有些還講究地嵌入寶石和珠貝。稍遠處有好幾隻動物標本，其中最不醜怪的是一隻三腳鵪鶉和一隻雙頭牛。可以說，所有來自一個發了瘋的大自然的反常產物都聚集到這個駭人的地方。馬泰烏斯有種感覺：玻璃門後，一尊蠟製人體解剖模型，腸道塗成藍色，正用沒有眼皮的突出眼球死盯著他。

「快看！」他那似乎從來不為任何恐怖所動的叔父突然大喊起來。

馬泰烏斯轉移視線，朝卡索夫所指的方向望去：密室的另一頭，一張桌子的角落上，擺了一座燭臺，蠟燭即將燒完。

「是哪個瘋子，竟然任由燭火在這個房間燃燒，人卻不在旁邊看管？」他高聲詢問，朝燭臺走去。

一張厚重的綠色桌布披垂到了地面，遮住桌腳。因此，直到俯身熄滅蠟燭時，卡索夫才發現從桌布下突出來的那雙腿。他心中立即有譜。

刻著獅頭的銅鞋環，那是第谷．布拉赫的鞋。這不祥的發現令人過目難忘，因為軀體躺在一只籠子下，而籠子裡裝著一副骷髏，插坐在一根被乾血漬染成鏽紅色的木樁上。第谷伸長的手臂彷彿想去搆一個玻璃罐；罐子已破碎，裡面的東西潑灑一地：一個畸胎浸在一灘腐臭的水中。想必是被天文學家拉倒跌落的。但是，這麼說的話，燭臺和蠟燭為何未曾一起滾落地面？卡索夫心中自問，同時注意到燭臺就放在玻璃罐留在桌布上的印痕旁邊。這讓他頗感困惑。他示意侄兒將火把拿低，伸向失去知覺的軀體，自己則動手將他翻面，讓他的臉對著亮光。他還有呼吸，但氣息如此之薄弱，每次呼出都彷彿是最後一口氣。他的人造鼻已經脫落，露出一張嚇人的面孔。蒼白無血色的臉中央，鼻孔那兩個幽暗的大洞，預示著即將到來的死神容貌。

「這樣一個男人應該不怎麼喜歡鏡子。」卡索夫說。「我很擔心這不幸的人即將走到痛苦的盡頭。果真如此，我們的痛苦也差不多要展開了。」他最後歎了口氣。

「您的意思是？」

「不到一個鐘頭以前，在眾人眼前，這個人的狀況還跟你我沒兩樣。現在他卻即將化為塵土……倘若他死去——而看來這是極有可能之事，我不信醫生會宣布這是自然死亡。」

「這對我們會造成什麼影響？」

「陛下會下令展開調查。我們必須負責找出是誰幹的。你跟我一樣清楚，布拉赫大人並非朋友滿天下；恐怕我們要接觸的那些人，多半不是證實清白的無辜者，而是潛在的罪犯……」

然後，他轉身對馬泰烏斯說：

「你快去通知陛下。我要去找麥耶大人，假如還來得及的話……」

年輕衛兵轉眼就不見人影，反正他也急著離開這個陰森森的地方。卡索夫獨自留下了一會兒，仔細端詳第谷．布拉赫的可憐慘狀。翻轉這副身軀時，果然如他所料，短衣上發現一片血跡。照理說這應該是一刀刺下後所留下的，但是短衣卻完好無缺。相反地，短篷褲前方卻濕了一大片。天文學家失禁尿在褲子上。

若說塔納托斯這神話當中晦氣重重的死神，似乎想在城堡的地下廊道擴張祂的帝國；祂的兄弟，可愛的愛神厄洛斯，則相反地決定將各樓層納入祂的領域。幾乎整個晚宴期間，淫蕩勃起的衝動即盤據吉普的下腹。關於天文學的討論他聽得心不在焉；其實可以這麼說：那像是他每天都得喝的湯。侏儒沉淪於窺望席中女士所帶來的感官刺激，說得確切些，他窺望的是她們每一位的胸部。吉普對乳房癡狂。他最愛想像被封在誘人衣物下的雙乳，自行在腦中描畫得十分詳細，並立下目標，一定要把自己設想的成果跟真正的乳房好好比較一番。他先前不經意逮到魯道夫朝拜德貝克夫人盯著不放的目光。以目前的狀況來看，不必妄想去跟「皇家狩獵主」爭奪角逐了。吉普退而求其次，決定另覓獵物。多徹斯特公爵夫人天生麗質，豐滿的胸部在蕾絲褶襉裡呼之欲出，看起來尚在他所能及的範圍。他懷著這個鬼胎，用雞骨頭引誘瑪格麗特女爵寵愛的捲毛小狗。狗狗對女主人的呼喚沒什麼反應，和吉普一起躲在天鵝絨桌巾下。骨頭一根接一根，到了晚宴結束，人狗倆已變成世界上最好的朋友。即使各謀其利，寵物之間偶爾也流露對彼此的親切感。狗兒把吉普當成裝滿食糧的豐收羊角，侏儒則寄望這隻動物能順利帶他到他想偷情的對象，也就是牠的女主人面前。小狗跟在他身邊蹦跳，吉普朝主樓梯走，多徹斯特公爵夫人剛才是從這裡離開的。

他蜷曲在一張軟墊長凳上，活像隻大貓窩在籃子裡——本來應該在國王寢殿門前站哨的衛兵彷彿一具管風琴似地打起呼來。看他一臉滿足，嘴角上還閃著一絲口水發亮，可以想見這個站哨的職務真是個閒差。瑪格麗特女爵經過時，那傢伙甚至無知失禮地放了一個特別大聲的響屁。

「願上帝保佑您，我的好人。」多徹斯特公爵夫人悄聲說。

接著，她毫無困難地繞過軟墊椅，然後小心翼翼地轉開門把，微微敞開一條縫。玄關側廳內，兩盞夜燈散發微弱的光線。國王陛下經常惡夢纏身，下令在寢殿的每個房間至少要點亮一根蠟燭。瑪格麗特女爵不知道這個規矩，一開始還以為有人站在那裡守夜。她不一會兒就確認了狀況。串連相通的兩廳內一個鬼影子也沒有，視線還算清楚，可以安心移動而不至於撞上傢俱。

為了謹慎起見，她決定踮起腳尖，繼續潛入，一直走到國王的寢室門前。有種細碎雜響透過厚重的橡木雕花門板傳來，她無法從鎖孔窺上一眼，乾脆把耳朵貼附上去。門的另一側上演的是一首牧歌二重唱，節奏頗為規律，時而喘息，時而斷斷續續地短促尖叫。瑪格麗特女爵伸長了耳朵，她的聽覺十分敏銳。即使兩人的歌聲咬字不清，她仍認出了魯道夫與馮・拜德貝克夫人結合在一起的音色，絕對錯不了。目前聽來，和聲基礎穩定，半音體系尚未到頂。公爵夫人猜想他們才剛開始而已。身為經驗老道的樂迷，她推論自己有充分的時間去滿足好奇。於是她轉身進入剛才經過的圖書室。這個房間不大，乍看之下，只收藏了一些頗艱澀的作品，論及航海或地理。然而瑪格麗特女爵非常確定，這裡就是魯道夫的辦公書房，舉行私人會議的場所，許多重要大事直接在此裁決，甚至未經政府議會針對問題進行辯論。她借用夜燈的火點亮一根蠟燭，以便瀏覽牛皮檔案夾中的文件。檔案原本放在一張小桌上，其厚度引起她的注意。檔案中夾有大量書信，沒有一封是寫給國王的。瑪格麗特女爵很快就明白，這是些中途被劫走的信。其中有一封特別引起她的關注：那是法國國王亨利四世的大使薩瓦利・德・布萊弗寫給鄂圖曼帝國蘇丹穆罕默德三世的書信。這封信箋具有極高度價值，法國大使在信中告訴土耳其國君，在對抗哈布斯堡王朝的戰爭中，法國可能助他一臂之力。多徹斯特公爵夫人不浪費時間解讀全部內容，直接把信紙對折再對折，塞進胸前巧妙地縫製在馬甲上的隱藏衣袋。像這樣一份密函，毫無疑問地，伊莉莎白女皇必然能從中得利。但是現下，就在她剛用拇指和食指捻熄蠟燭的此刻，她感到小腿肚上一陣潮濕的舔舐，驚顫起來。幸好她反應靈敏，忍住沒尖叫。她彎下腰，伸出手，指尖感到摸到一隻捲毛小狗。她立即認出她的寵物。

「蹦蹦！壞孩子！你在這裡做什麼？」她低聲對搖抖不停的小動物說。

但回應她的卻是一個人類的聲音，低聲喘著氣：

「別動，夫人。這個姿勢太適合您了。您若是稍動一下，我就叫醒衛兵……」

儘管音量很低，公爵夫人立刻認出吉普刺耳的嗓音。她咬緊嘴唇，氣自己竟被活逮。由於她作勢要直起身，侏儒立即逼近。

「別動，我已經說了……」他輕聲低語地繼續：「讓我用眼睛愛撫您敞開得如此美妙的胸口……您不覺得它已經慾望高漲，渴求即將到來的獻禮？」

吉普一面說，一面緩緩解開短篷褲的繫繩。他讓褲子沿著大腿滑落，連套住他多毛小短腿的絲質長襪也一起脫掉。看見那跳動的獻禮在自己面前豎立，公爵夫人瞪大了眼睛。感覺上，彷彿侏儒的上半身用三隻腳走上前來。

當馬泰烏斯上氣不接下氣地衝到國王寢殿的門前，衛兵還在長凳上呼呼大睡。他背後的門敞開了一半，年輕禁衛軍當下判斷沒有必要叫醒他。他悄悄溜進玄關側廳，走了幾步，猛然停下。隔壁房間傳來的細響讓人一聽就明白那裡面在做什麼。他立即猜到，國王應該正在「侍候」某位女士；同時又覺得奇怪，為什麼要挑在這個地方做，意思是，在一片漆黑之中，而且如此悶聲不響又克制壓抑。在好奇心的驅使之下，他踩著長毛地毯無聲前進，來到半遮圖書室入口的厚重門簾前。透過夜燈的微光所見到的景象讓他嚇得立定在原地，動彈不得。侏儒吉普的屁股，覆著一叢濃密的黑毛，在多徹斯特公爵夫人顫跳的乳頭上方擺動，活像一隻巨型蜘蛛對著兩大團香草奶凍跳起一場淫穢之舞。

馬泰烏斯與來時一般謹慎地退出衣帽間，在沉睡的衛兵面前站定，故意用很大的聲音喊他，好讓房裡的人們聽見。衛兵嚇醒驚跳，從長椅上起身時撞出一聲巨響，花了不少時間才明白馬泰烏斯為何找他麻煩。他又花了更多時間才服從年輕禁衛軍的命令。大半夜中，不可驚擾陛下。馬泰烏斯必須抬出他與隊長卡索夫的親戚關係，才說服衛兵去叫醒國王。衛兵終於點亮一支火把，一面嘟噥抱怨，一面深入國王寢宮。馬泰烏斯跟在他後面，進了圖書室。他大吃一驚：這裡面已空無一人，彷彿稍早前窺見的私通場景只不過是一場夢。跟衛兵說話時發出了頗大的噪音，馬泰烏斯認為自己給了兩名共犯足夠的時間把衣服穿上，找回合宜的舉止，倒是想不到這時間竟然還夠讓他們消失不見。想必是哪裡藏著一個祕密出口吧！年輕禁衛軍懊惱地告訴自己，應該對城堡模型再多下點功夫才對……不過，僕役已經敲起國王的門。

第五章　毒藥

「不過我們離去的時刻已到來，我將死，你們活。我們之中誰占了較好那部分，除了天神以外，誰也不知道。」

——柏拉圖，《蘇格拉底的申辯》

米迦埃．麥耶彎腰探看熔爐下方，確認已經連續燃燒三個星期的爐火夠旺。他謹慎地塞了兩塊不算太厚的橡木，那是他事前請一名園丁準備的。回到寧靜的實驗室，他鬆了一口氣。晚宴，以及晚宴上所有無關緊要的交談、陰謀和誘惑企圖，讓他十分疲累。而比起上流社會那些客套話，他又一次感到被晚宴菜單冒犯，那些菜色完全違背他開給魯道夫二世的食療養生規則。從餐桌上所吃進的分量來看，過多的肉類只會讓體液升溫，加劇中風傾向，使血液濃稠。此外，白酒影響肝臟，攻擊器官組織，造成痛風。但御醫已經放棄了，看來，魯道夫二世只在煉金研究上聽取他的意見，健康方面的建議則完全無視。幸好，儘管哈布斯堡王朝的君主偶爾發作憂鬱症，但體質健壯，尚不需為飲食不均衡付出代價。麥耶查看他陳列在牆邊工作臺上幾幅非常古老的版畫，並確認自己確實按照月相排列，這對成就煉金大業來說非常重要。有人敲門。他以為會看見第谷．布拉赫——這一位與他一樣熱中於追尋智者之石。結果進來的人面色陰沉凝重，是禁衛隊長喬瑟夫．卡索夫。

「隊長閣下？」

「御醫大人，第谷．布拉赫急需您親自移駕到他身邊。」

「第谷？他出了什麼事？」

「他剛被發現倒在醜惡陋物室，失去知覺。他身上沒有外傷，但尿失禁。我已經派人把他搬回他的房間，安置在床上。」

「您處理得非常得宜，卡索夫。請帶路。」

御醫確認煉金爐保持穩定的小火，然後緊跟著禁衛隊長出去。

第谷．布拉赫的房間裡，一片忙亂。在蘇菲亞的命令之下，一名僕役努力在大壁爐中生火；兩個女僕忙著拉起窗簾，升高華蓋床的帷幕，另一個則收拾天文學家的濕衣物帶走，剛好遇見卡索夫和麥耶迎面進門。隊長盯著她走出去，認出那是讓侄子馬泰烏斯神魂顛倒，長相甜美的卡蒂亞。第谷仰臥著，面色蒼白，僅穿著睡衣。他的雙眼緊閉，軟帽再也遮不住他的禿頂，而他缺少的鼻子之處，醜陋的洞內露出暗粉色的皮肉。麥耶握住蘇菲亞的手。

「來吧，他情況如何？」

「很糟，麥耶。救救他！」少婦哀求，不遮掩滿臉淚水。

醫生在床緣坐下，為病人把脈。微弱的脈搏仍在跳動，極不規律，一點也不是好徵兆。

「不過，他究竟發生了什麼事？」

「我們什麼也不知道。在音樂沙龍時，我發現他不在場，後來我們又發現他在城堡的地下層昏迷。」

「他一個人？」

「看樣子是的，沒有人在他身邊。」

麥耶掀起病患的眼皮：眼白的部分發黃。第谷的舌頭腫脹，雙手已經呈現屍體的膚色，彷彿血氣已開始流失。掀起第谷的睡衣後，在卡索夫的注視下，麥耶檢查患者的身體，的確沒有任何撞擊的痕跡。脖子和頸部都完好無傷。

「好幾天以來，他常抱怨膀胱的問題。」蘇菲亞悄聲說。

「您認為，因為憋尿的緣故……」卡索夫起了個話頭。

麥耶搖搖頭。他曾見過一些老人死於無法排尿，但他的直覺告訴他，第谷並非為尿量過多所苦。就在這個時候，魯道夫二世走進了房間，伴隨他來的馬泰烏斯仍為了先前在樓上窺見的那一幕驚愕、無法釋懷。國王以眼神詢問向他行禮的麥耶，而醫生的神情凝重。

「我們的好友第谷處於最糟的狀態，陛下，我不知道……」

「一定要救起他，麥耶！」魯道夫二世大聲衝口而出，此話聽起來無異於一道命令。

他走近床邊，凝視他病況甚慘的天文學家。老實說，沉醉在他懷抱中的艾麗卡伯爵夫人，那隨著他的持續攻勢而晃動的豐滿胸部，她小小的尖叫，還有那麼柔軟的肌膚，腦海中這些畫面剛介入他和眼前的垂死之人之間，提醒他：他的美妙享受在最高潮的時候被打斷了。而當他發現第谷．布拉赫昏迷不醒甚至瀕臨死亡，他原已惡劣的心情就更差了。他又再次看著期待已久的占星報告離他遠去，他需要報告結果來指示下個月的吉日和凶日。他發現蘇菲亞已哭成淚人兒，一時不知該跟她說些什麼才好，於是回頭找御醫。

「所以，他生了什麼病？」

「現在定論還言之過早。他身上沒有任何外傷，但眼睛發黃，我診斷那是黃疸；而他的脈搏十分微弱。此外，他腫脹的舌頭讓我很擔心。」

「這次的發作是他的膀胱不適所引起的嗎？」

「對此我保留懷疑，陛下。第谷的病況中有些我覺得說不過去的異狀。」

壁爐內終於燃起劈啪作響的旺火，一張張緊繃的面容映上金光。哈布斯堡國王把對馮．拜德貝克伯爵夫人豐腴身軀之戀眷驅出腦袋，努力以合宜的態度應對。

「您打算怎麼做？麥耶？」

「首先不要讓他受寒，避免任何碰撞。如果他醒過來，試著餵他進食，或至少喝點水。然後尤其要耐心等待，讓上帝去安排。」

「總之，您這是在宣告自己無能？」魯道夫冷冷地下了結論。

他俯身細看第谷殘損的顏面，將手放在他的額頭上，宛如輕撫的感覺。

「如果他醒過來，就能回答我們的問題，麥耶。我要隨時得知他的狀況。」

「如果他的病況有幸有起色的話，陛下。」蘇菲亞喃喃啜泣；米迦埃・麥耶的發言也安慰不了她。

「好了，我親愛的蘇菲亞，您的兄長以前也曾脫離各種危險的境況，他很快就能讓我們忘記現在這些激動情緒，並恢復他在宮廷裡的地位。」

國王突如其來的關懷瞞不過蘇菲亞，他以往不常稱呼她「我親愛的」。第谷・布拉赫始終是布拉格宮中最驕傲的榮耀之一，失去了他，宮廷也失去了部分光彩。這還不提他與魯道夫共有的煉金熱情。

魯道夫對自己展現權威的方式非常滿意。正當他開始隱約看到可能性，覺得也許有機會與艾麗卡伯爵夫人重拾剛才太快被打斷的嬉戲；房間外卻有人瘋狂敲門。

「進來！」魯道夫大喊。

一名女僕現身，神情倉皇。一看見國王，她立即跪下，將臉埋進雙手之中。

「又怎麼啦?!」國王大發雷霆。

「是卡蒂亞……她突然倒在廚房的地磚上，整個人慘白，動都不會動了。」

「卡蒂亞？這個卡蒂亞是誰呀？」

倒是馬泰烏斯，聽見卡蒂亞的名字，他臉色發白。

「是一個打掃房間的女僕。」喬瑟夫．卡索夫插話。「剛才她人還在這裡。我記得看見她帶走了第谷．布拉赫的髒衣物。」

可憐的女僕還跪在地上，悲傷與恐懼交加，哽咽得說不出話來。

「她喝了他水晶瓶裡的藥。」她總算把話說清楚。

卡索夫和麥耶互望了一眼，兩人都驚覺同一個疑點。

「妳的意思是她也帶走了第谷裝著長生藥的小瓶子？」醫生問。

「拿走的時候她並不知道，後來才在上衣口袋裡發現。因為據說這種藥水對身體有神奇的好處……」

「……所以她就喝了！」魯道夫說出結論，也開始明白箇中蹊蹺。「麥耶，快去廚房，檢查那個女孩的身體。」

「我這就去，陛下。不過這起新意外引導我去相信這兩起事件都與下毒有關。說實話，我已經傾向認同這項假設。」

「我陪您一起去！」馬泰烏斯喊了一聲，焦急地想立刻拯救美麗的卡蒂亞。

「不，馬泰烏斯，你跟我留在這裡。我需要你幫忙。」卡索夫命令。

御醫離開房間，留下一股濃厚的懷疑氣氛。馬泰烏斯慌亂不安，走到叔父身邊。魯道夫到目前為止本來還能抱著一絲幻想，這會兒卻突然顯得煩惱不已，無法做出個決定。

「陛下，假如第谷真的是在不到一個鐘頭以前遭人下毒，凶手必然還在城堡裡。」

「凶手？」國王喃喃自語，猛然領悟自己不但再也沒機會回到艾麗卡伯爵夫人嬌媚溫柔的懷抱，甚至手上還多了一件非常討厭的麻煩事。「這個凶手為什麼會沒有逃走？」

「因為我已派人監視城堡所有的進出口，守護貴客們的安全。我原先的設想比較著重於來自外部的威脅，但我可以向您保證，在經過我的手下確認身分以前，沒有人能從這裡出去。」

「那麼，隊長，您的猜測是？」魯道夫含糊吞吐地問，顯然想交給經驗豐富的老軍人去決定。

「在麥耶做出確切的結論以前，我們將請每一個人待在自己的房間，視狀況需要，等待接受詢問。我希望能確認是否有人注意到可疑的來去行跡。」

卡索夫轉身對侄兒說：

「馬泰烏斯，你去各崗哨巡一圈，調查有沒有人經過，並傳令只要情況尚不明朗，不准任何人出城堡。萬一這是一場謀殺……」

「謀殺？」魯道夫打斷他，憂心不安：「您過慮了吧?!如果是第谷打算自殺呢？」

「我的兄長絕不可能做出這種事！」蘇菲亞忿忿不甘：「他畏懼上帝並遵行祂的法規。」

「那別人又為什麼要毒害他？」國王天真地問。

寬闊的大床上，第谷．布拉赫仍然動也不動，雙眼緊閉，蒼白如他曾多次觀察的月亮。馬泰烏斯離開房間；儘管叔父對他下了命令，他仍決定先溜到廚房去查看小美人卡蒂亞究竟發生了什麼事。卡索夫派一位管家將他的指示傳達給賓客們，然後走到蘇菲亞身邊。

「夫人，我希望跟您單獨談談。」

蘇菲亞不知所措，環顧四周尋求支援，卻只遇上國王示意她服從卡索夫的目光。禁衛隊長跟著她走出房間。

卡蒂亞突然昏迷的事讓廚房瀰漫不安的情緒。收拾著烤肉鐵串並準備隔日灶火的小學徒們；把晚宴的餐具擦得發亮的洗碗女傭們；正在跟內務主管確認訂單的大廚，所有人都圍聚在不幸的昏迷者身邊。麥耶不得不強行撥出一條通道，並命令他們後退，讓病患呼吸得到空氣，他自己則俯身檢視。卡蒂亞打嗝作嘔，嘴角流出一道黃黑色的口水，整副軀體抖個不停。她驚恐的雙眼瞪得又圓又大，似乎已空洞無神，一個字也說不出來。麥耶要來一條方布，擦拭少女髒污的臉龐，嘗試跟她說話。

「您的名字是卡蒂亞，對嗎？」他高聲詢問。

他僅隱約聽到一聲發自腹腔的咕嚕作響回應。

「您是否喝了第谷・布拉赫藥瓶裡的東西？」

卡蒂亞使出最後的力氣點了點頭，隨即癱軟。醫生探測她的脈搏，心臟已停止跳動。他用最輕柔的動作放下她的頭，她的軀體就這麼仰臥在廚房的地上。幾個女人忙在胸前劃起十字，其中一人忍不住啜泣。米迦埃・麥耶站起身。

「她在第谷・布拉赫的上衣裡所找到的藥瓶，在哪裡？」

「在麵包箱上……」

一名笨手笨腳的年輕助手顫抖地指著一個塞在一扇窗下的矮櫃。水晶瓶就這麼放在上面，瓶口沒有塞起來。麥耶小心翼翼地拿起瓶子，聞嗅了一下，跟那個廚師小助手要了一塊軟木，塞住藥瓶，再用一條抹布包好。樓梯間傳來一陣急促狂奔，馬泰烏斯衝了進來，上氣不接下氣。

「卡蒂亞？」

「是的，她死了。」麥耶回應，誤解了年輕禁衛軍的意圖。

馬泰烏斯臉色慘白如縞，在死去的女僕旁邊跌跪下來。麥耶那乾淨的臉孔上，表情和緩放鬆，在牆上的火把照映之下，散發一種安詳的感覺。年輕禁衛軍按捺著親吻卡蒂亞嘴唇與將頭埋入她金色秀髮的欲望。御醫始終沒察覺馬泰烏斯的悲慟，又說：

「您可以去通知國王，中毒的假設已經證實成立。至於我這邊，我要去分析這瓶子裡的東西。研究結果一出來，我會立即通報。」

馬泰烏斯好想吶喊，說他根本不在乎醫生的分析結果，就連第谷．布拉赫可能是怎麼死的也不關他的事。但他保持緘默，定定看著這個他承諾自己要好好去愛，笑容讓他神魂顛倒的女人。他聽見米迦埃．麥耶的腳步聲逐漸消逝，宛如置身夢境。最後，他終於抬起頭，這才發現周圍的人都以奇怪的目光盯著他看。大家都等著他開口說話。他站起身，猶豫不決，後來請人把遺體抬進儲藏室。兩名學徒小心地將她放在一張平時用來挑揀菜葉的長桌上。也許他的叔父會要求查驗屍體。上樓往大廳走去時，馬泰烏斯感到悲傷的情緒轉成了憤怒。卡蒂亞之所以會死，都是謀殺第谷．布拉赫的凶手害的；那個男人，或者女人，奪走了一項幸福的承諾，並造成一位快樂生活、享受愛情的美麗少女逝世。他突然湧出一股新的狂熱，一股隱忍住的怒氣，發誓要讓凶手為其罪孽付出代價。秉持著這份復仇之心，年輕禁衛軍巡邏這座遼闊建築內最隱祕的暗門和通道。每到一站，他必詢問執勤的警衛，每次都得到一樣的答案：他們什麼也沒看見，沒有任何人離開城堡。他告訴每一名衛兵第谷和卡蒂亞中毒身亡之事，並如實傳達卡索夫的命令。從現在開始，直到新的命令下達以前，不可有人出城堡一步。在音樂廳前方的側廳裡，他遇見完成了任務的內侍。現在所有賓客都曉得自己已被軟禁在各自的房間裡。

「我聽到的都是些什麼！」內侍抱怨：「丹麥大使對我說這是天大的醜聞，而多徹斯特公爵夫人還想挖掉我的眼睛！」

「經我叔父詢問過後，他們就會平靜下來的。」馬泰烏斯信心十足地保證。

一道簾幕後方閃過一個人影，他嚇了一跳。

「誰在那裡?!」他大聲叱喝，一手已經按在劍把上。

「是我，漢娜・朗德。」

女子走上前來，看不出任何表情。

「我聽說第谷・布拉赫大人正處於最危急的狀態？」

「的確如此。而卡蒂亞，洗衣女僕，也被毒害了。」

「毒害？」

漢娜的驚訝反應看起來出自真心。

「怎麼會這樣？是誰下的手？」

「有人在大學者從不離身的藥瓶內注入毒藥。我們正在努力找出那個人是誰。」

馬泰烏斯與內侍繼續往前；就在他們快要從走道盡頭消失時，馬泰烏斯回頭轉身，對留在原地的漢娜大喊：

「國王委任我的叔父喬瑟夫・卡索夫進行調查，想必他會希望問您幾個問題。請您做好準備。」

一般來說，在查問的時候，禁衛隊長喬瑟夫．卡索夫會先繞著對方轉圈踱步，讓他慌張失神。但在蘇菲亞．布拉赫的寓所中，一切正好反過來：是她不安又悲傷到了極點，無法站在原地，一直在房間裡來回踱步；而他則一臉嚴肅，坐在一張高背椅上，看著她走來走去。

「到底是誰跟第谷過不去？」她重複問了好幾次，泣不成聲。

卡索夫拿出菸斗，他是個粗獷的老軍人，沒徵求蘇菲亞的同意就逕自塞入菸草點燃；話說女士本人也根本無心注意。

「他在國王的寵臣中地位特殊，是否可能因此排擠了其他臣子？」

「不，不可能。我的兄長在宮裡的角色很明確，他是掌管星星、望遠鏡和星象占卜的人，也只有他有能力做這些事。至於其他……除了對他來說真的迫切需要的事物，他從不多要求什麼。」

「關於這一點，正好財務總監繆勒史坦看這些花費很不順眼。」

「的確，繆勒史坦一直騷擾我們，不斷跟我們要賬目，而且用盡一切手段，想降低我們在國王心目中的地位。在第谷要求建造一座眺望露臺，以便更容易觀測星星的時候，他到處去嚷嚷，說我的兄長瘋了。繆勒史坦斷然拒絕讓我們住進城堡，正因為他，我們只得將就住在這座靠河邊的小屋，飽受蚊蟲侵襲。幸運的是，我的兄長與國王對煉金術有共同喜好。還有占星術。」

蘇菲亞眼眶泛淚，絞著雙手，最後癱坐在一張單人扶手椅上。

「我對星象之學一竅不通。」卡索夫又說，「但第谷似乎與他的年輕助手克卜勒常有分歧？」

蘇菲亞的臉孔蒙上一抹擔憂陰影。

「我的兄長從事的是天文觀察，他的觀測結果前所未有，最為精準，無人能敵。約翰尼斯，他則推演計算，用以解釋行星的運轉路徑。有時我覺得他們不是生活在同一個世界。」

「他們可曾爭吵？」

這一次，換做卡索夫走向蘇菲亞，後者抬起驚慌的雙眼，看著他。

「您在想像什麼狀況？約翰尼斯．克卜勒沒有能力傷害任何人，甚至無法思考任何殘暴之事。可憐的人啊！他會是我們之中第一個為第谷的悲劇痛苦的人。」

蘇菲亞強迫自己用現在式談論兄長，彷彿想藉此祛邪，驅走死亡。

「您並未回答我的問題，夫人。」隊長堅持。

「是的，偶爾，他們彼此意見不合，但是當兩人都努力建立如此遙遠事物的真相時，這不是很自然的事嗎？」

「而您，我猜，您一直試圖居中調解？」

「他們彼此需要對方，卡索夫隊長。而我身為他們各自的妹妹和朋友，維繫兩人的和諧是我的義務。即使他們的性格……」

蘇菲亞猛然住口，意識到自己講得太多。

「他們的性格？」

「第谷並非一個容易相處的人。至於約翰尼斯，他必須忍受各種病痛，活得非常辛苦。」

卡索夫拿起菸斗吸了一口，打量這個擺設頗有品味的房間，回頭過來詢問晤談對象：

「那麼……女人呢？」

「女人？」

「是的，有沒有那麼一個讓兩位同時愛上的女人……」

蘇菲亞微弱地笑了一下。

「第谷早已放棄情愛之趣，他甚至再也無法忍受看到鏡中的自己。至於約翰尼斯，他已經有妻兒家室……」

「……而他把他們留在格拉茲！」

蘇菲亞保持沉默，後來又脫口說出一個名字：

「漢娜……漢娜．朗德……」

向蘇菲亞．布拉赫告辭後，喬瑟夫．卡索夫陷入深深的困惑。此時，擔憂主宰著他的心神，令他操煩煎熬。聽蘇菲亞所言，他彷彿掀開了一件暗色衣物的褶邊，裡面隱藏著目的各異的利益，衝突，嫉妒，陰謀，而想必驚奇尚未結束。他馬上必須展開調查，要迅速且十分有技巧地執行，而這才只是起步而已。考量到賓客們的地位，他不得不採取許多預防措施，而他也清楚，無法將他們軟禁在城堡裡太久。老軍人回憶他剛得知的情報：財務總監繆勒史坦討厭第谷．布拉赫，而布拉赫又對克卜勒存有戒心，克卜勒則愛上內務女總管漢娜．朗德，這位可是國王魯道夫常召入寢宮的情婦……如果每位貴賓都向他揭示這麼多黑暗內幕，到現在只發生一件謀殺案真可謂是奇蹟！馬泰烏斯上氣不接下氣地跑來，打斷他的思緒。

「欸，馬泰烏斯，你怎麼啦？」

「叔父，第谷．布拉赫剛斷氣了。他也沒能抵擋毒藥的厲害。」

年輕人悲痛不已，靠著一扇窗坐下。他盡了極殘酷的努力，逼自己補上一句：

「卡蒂亞的遺體已安置在一間廚房後面的儲藏室。」

卡索夫慈愛地拍拍侄兒的頸背。

「我懂你的感受，馬泰烏斯。不過，先這麼想吧：死去的人等於是結束了苦難的人。殺害卡蒂亞的凶手以及圍繞著凶手的神祕之謎，從現在起，壓在我們的肩上了，而他的面目將在我們的腦中逐漸成形。」

「我們一定會找出下毒那個人，對吧？叔父？」

「當然。」

卡索夫搔撓下巴的鬍子。

「第谷．布拉赫死了，所以，無論凶手的名字，甚或他去城堡地下廊道打算做的事，他什麼也無法告訴我們了。」

「這兩件事之間應該有關連，您不這麼認為嗎？」

「想必有關。國王陛下已得知他的死訊了嗎？」

「一名侍者去通知他了。」

「好……這個消息沒有必要散播得太快。所有人終究都會知道的，但在那之前，他脫離麻木昏迷的可能性必然讓凶手坐立不安。」

「您現在有什麼打算？」

「你已經檢查過所有出入口了？」

「是的，守衛都已提高戒備，不會讓任何人出去。」

「嗯……你呢，你可以去休息一下。明天恐怕會是騷亂不堪的一天，而……」

「親愛的叔父，我必然無法成眠。」

馬泰烏斯的語氣那麼果斷又那麼悲傷，卡索夫也不願太堅持。

「那麼，去主教座堂為那位本來命不該絕的女子祈禱吧！我們明天再見，審訊的時候，你要來當助手。」

夜深時刻，麥耶醫師用一個篩子篩濾一種白色細粉末，極度謹慎地裝進一個小玻璃高腳杯。實驗室門口有人低聲敲門，喬瑟夫・卡索夫沒等醫師應門便逕自走了進來。

「趕快把門關上，隊長，絕對要避免風吹進來！」

卡索夫遵照指示，然後湊近過來，深受逐漸裝滿小杯的流動白線吸引。

「為了我們兩人好，最好別讓這粉末擴散到空氣中。這是世界上最猛烈的毒藥之一。從苦杏仁中提煉出來，能迅速引發死亡，並伴隨劇烈的頭痛，嘔吐，呼吸困難，然後，很快地，心跳停止。」

「這毒粉是從哪裡來的？」

「從第谷從不離身的水晶藥瓶。不得不相信有人曾偷走它，並在裡面摻了這種毒。」

「這種毒如何取得？」

「可以自己製造，請人製造，甚至從某個地下藥坊買來，賣藥那些人被稱為死亡販子。」

「總而言之，今晚無論哪位貴賓身上都可能帶著足夠犯下謀殺罪的劑量？」

米迦埃．麥耶細心地在小玻璃杯上加了蓋子，把東西放進一個箱子裡，並用鑰匙鎖起來。

「我甚至會說，親愛的卡索夫，要在宮廷中求生存，這是不可或缺的條件之一。」

從臥房的某扇窗戶向外看，魯道夫二世凝視夜空。暴風雨已經過去，烏雲飄向東方，雲縫中，蒼白的月亮透出幾道黯淡的光亮。他起了一陣雞皮疙瘩。他的床舖周圍已架設好燈籠。他掀開華蓋床的薄紗，美麗的奧蒂莉一絲不掛，躺臥在被單上。他打量這副毫無遮掩的嬌軀一會兒，任手中的紗幕垂落，癱坐在一張單人扶手以上。

「穿上衣服，把漢娜．朗德找來。」

「是，大人。」女人從紗幕的另一邊回應。

一陣衣衫窸窣，窈窕的身影離開房間。魯道夫二世閉上眼睛，隨即立刻張開。他突然看見自己變成一副被肢解的殘屍。他知道這從來無法驅除的恐怖影像來自童年。他在艾斯科里亞修道院的時候，曾被迫參觀歷代國王屍體的腐化室。那可怕的地方，是他的父母親過世之後，下葬之前，讓血肉組織分解的暫置之處。他站起身，給自己倒了一杯酒，一口氣嚥下，忍不住憐憫自己，詛咒命運之神奪去了他那位懂得解讀星星的最重要學者。這是他以前怎麼樣也想像不到的最糟狀況。他發出一聲長嘆，直到被一進房間就開始寬衣解帶的漢娜．朗德打斷。

第六章

風險難測的調查

「懂得凝聽，等於除了自己的腦袋之外，還擁有其他人的腦袋。」

——達文西，《筆記》

吉普幾乎整夜未曾闔眼。他放蕩的淫穢行徑被打斷之時，很幸運地，立即在附近找到祕道——不是馬泰烏斯所想像的祕道，而是圖書室護壁的木製裝潢裡打造的一處狹窄壁龕。他把整個袒襟露胸且深恐被國王揭發真面目的可憐公爵夫人也拉了進去。最困難的部分在於把他自己和瑪格麗特女爵一起裝入這狹小的空間；不僅女爵本人和她體積龐大的裙襬，還有小狗蹦蹦——他費了好大的力氣才沒讓牠吠出聲。擠在蜘蛛網和油耗味很重的羊皮紙文件之間，他們三個在漆黑中等待了漫長的幾分鐘，走道才好不容易可以通行無阻。國王總算行了個好，在艾麗卡・馮・拜德貝克的陪伴下走出臥房。藏在暗處的吉普從年輕的馬泰烏斯口中得知：他的主人竟處於眾人束手無策的絕望狀態。當輪到他離開壁龕之時，他已經快要窒息，所有微弱的貪淫妄想都已棄他而去。第六感告訴他，接下來的發展不能讓他對第谷・布拉赫的命運抱有一絲希望。他當場拋下瑪格麗特女爵和小狗蹦蹦，完全不在乎他們的死活。站崗的僕役終於徹底醒來，驚愕地看著他們一個接一個地走出國王寢殿。這傢伙雖然不是昨天才走馬上任，卻也不禁自問國王的情色想像究竟不設限到什麼地步。

吉普的腦子裡只有一個念頭：確保他往後的每個明天。他竭盡所能，以最快的速度跑到天文學家的臥房。國王還在裡面，但卡索夫隊長禁止任何人進入。吉普認為耐心等候一下比較好，心想，稍過一會兒，蘇菲亞就會讓他進去。他錯了。當魯道夫二世帶著御醫麥耶一起離開時，兩名武裝衛兵便受命站在門前，不准任何人通過。吉普跟這類傭兵打過一點交道，知道不必再期待什麼，除非想找自討沒趣討打。他悲慘兮兮地往回走，不知該往哪裡去。他，就在前一天晚上，還在主人的庇蔭下，什麼放肆的勾當都敢做，現在卻落得可能被任何人擺布。無論什麼人都可以因為心情不好將他趕出城堡。他試著安慰自己，想想這許多年來，多虧第谷的慷慨大方，他一點一滴積存的一小筆財富。但那幾枚金幣和一小把珠寶，與他剛才所有的損失比起來，不過是微不足道的慰藉。他必須在很短的時間內找到能提供他遮風避雨和填飽肚子的地方，也就是說，找一個新主人。當然，蘇菲亞還在。當初在第谷不得不離開汶島的時候，他們一起陪伴著他，與他同甘共苦，共度旅途和流放生涯中的高潮與低潮。但蘇菲亞對吉普從來只表現出生疏的客套。事實上，她並不喜歡他。她忍耐他，純粹是因為第谷需要他。吉普很確定，她自己絕不會把他留下來。他反覆咀嚼這些悲觀的想法，一股強烈的倦怠感襲來。他無處可去，在主樓梯上方一根柱子後面的牆角裡跌坐下來。在那裡，他閉上眼睛，強迫自己入睡。他不由自主地陷入一種不舒服的昏沉狀態，半夢半醒，腦中滿是不祥的景象，慘痛的回憶。最遙遠的記憶糾纏著他。義大利某個修道院的轉盤上，一隻絕望的手拋棄了一個嬰孩。在凹陷牆面做成的某種克難小窩裡，一位修女在聖卡索夫日那天發現了這孩子，所以給他起了吉歐瑟普這個義大利名字。在威尼斯方言裡，變成「吉瑟普」。幾年後，他被荷蘭大使當做行李帶回去，用弗蘭德語念起來就成了吉普。稀奇事物，性奴，偶爾被發落到介於禽獸與醜怪玩物之間的階層，吉普早在尚未進入青春期以前，已對當眾受辱和厄運不幸不痛不癢。他承受著一顆對殘酷虐待，髒污的食物和惡劣天候都漠然無感的鐵石心腸。然而，在他十三歲時，跨入布拉赫家門之後，這一切突然徹底改變。他得到完整的人性待遇，養成了尊重自己的癖好，因此反而變得性情凶惡，抬高身價，輕蔑他人，同時也習慣奢華。現在，他最憂心的就是必須放棄這樣的日子。

吉普蜷縮成一團，半睡半醒，如此過了大約一個鐘頭，一陣聲響將他從麻木狀態活過來。本能地，他往藏身角落裡更退縮一些。從廊道底端，他看見白拉敏主教和他的小助理安莫瑟教士向前而來；走在他們前面的是馬泰烏斯，帶著深深的黑眼圈，神情疲憊，可見他整晚都沒睡。主教並未稍減平常一本嚴肅的態度，儘管如此，卻也難掩怒氣。

「不過，說到底，為什麼要強迫我們離開房間？難道不能過來我們這裡審訊？」

馬泰烏斯已充滿敬意的語氣回應，但並未因而停下腳步：

「陛下希望這些晤談在有見證人的環境進行，此外，現場還要有一位書記官，盡可能詳細地紀錄每一位的說詞。主教大人必然明瞭，比起在整座城堡裡四處走動，將所有人集中在同一個地點進行審訊是最簡單的方式。」

「我本人指揮過夠多的審訊，這段程序不需任何人來教。」主教冷冷斷言。

「當然，我的大人。」馬泰烏斯讓步。

「無論如何，總該考慮到，打擾我就等於是打擾梵蒂岡！」

「對於梵蒂岡所給予的尊重，國王陛下的感受應該非常深刻。」年輕禁衛軍回應，強行壓下一個呵欠。

這個白拉敏變得很煩人。馬泰烏斯已經精疲力盡。為了說服主教帶小僧侶一起離開房間跟他走，他已費了好一番唇舌。現在，他只急著做到一件事：結束任務，回到床鋪上，在對卡蒂亞的悲傷之情許可的範圍內，好好睡一覺。

三個男人走下樓梯，逐漸消失。吉普立即起身，十分滿意剛才所聽見的。昨晚摸來的那串鑰匙還在他身上。現在正是和史卜朗格勒一起溜進梵蒂岡審訊官房間的好時機，機會錯過就不再來。於是他用僵硬的小短腿能發揮的最快速度，一步一步地跑向畫家的畫室。既然畫家就住在地面與二樓間的夾層，這段路非常短，卻還是夠他構思出往後的規劃。他從中找到避免悲慘未來的可能。為這場斡旋任務，他要的酬勞不再是一枚金幣，將遠比這個價碼更高，同時又可說更少得多。

「啊！是你！該死的矮子，你是見到鬼了嗎？怎麼會在這個時間把人吵醒?!」看到門口出現的是吉普，畫家破口大罵。

「但願我的主人對他卑微的僕人說話時，用詞能再溫柔些……」吉普堆滿笑臉，輕聲細語。

「我的僕人？什麼時候變成我的僕人了？你這個滿月大餅臉？」

「從你為我把門打開那一刻起，我敬愛的主人。」

史卜朗格勒揉揉頸子。他睡覺的姿勢應該不夠舒適，恐怕快落枕了。現在這麼晚，侏儒到底想做什麼？「僕人」又是怎麼一回事？對一個跌落床鋪的男人來說，這一切問題太多了，只讓他的後頸更疼痛。

「快醒醒，史卜朗格勒，」吉普抓住他的長衫下襬搖動：「對我發誓你會把我當成僕人，我就允諾一件你永遠不會後悔的事。」

面對侏儒的再三堅持，畫家開始疑心這其中可能發生了什麼嚴重大事。

「你可以告訴我，雇一個像你這樣的僕人，我能得到什麼好處？」

「美杜莎的頭像……而且或許更多，但趁著機會尚未溜走，你得趕快！」

這下子史卜朗格勒可整個清醒了。他搖晃吉普的肩膀。

「你的意思是這條路暢通無阻？」

「就等你答應我。」

「我答應你。」

「你的意思是，從現在起，我就是你的僕人？」

「你是沒錯！疑神疑鬼的傢伙！假如這就是你要的！還等什麼，我們趕快過去！」

侏儒堅持要求彼此擊掌為證。然後，畫家立刻套上短褲和一雙便鞋。反正，在這樣的一大早，他們大可安心，在走道上僅遇到平時認識的幾名僕人。兩人一起，重新上路，前往教皇克雷芒八世之特派員的住處。

在卡索夫隊長的要求下，君主下令，空出一間位於地面層的舒適沙龍，以便進行案件的晤談調查。這個空間一般用來接待各國大使或身負重要事務的使節；設計應用不失分寸，比例適當怡人，透過三扇窗戶面向一座中庭花園，花草樹叢扶疏和諧。好幾張單人扶手椅，整張用巨大的鹿角雕琢而成，配上柔軟的羽毛椅墊，迎接貴客圍座在一座「瓷磚壁爐」附近。那其實是一件暖氣爐具，大小有如一個小型櫥櫃，外部貼滿華美的瓷磚，從隔壁房間添火。因此，這裡不竄火也不冒煙，僅有一股溫暖的熱空氣，透過聰明地設置在陶瓷裝飾上的開口散發出來。

羅貝托．白拉敏走進這個房間時，看到禁衛隊長卡索夫站在那裡，摘下了帽子，殷勤可親，並且一開始就獻上一份點心，有新鮮水果，果乾蜜餞，火腿，鮮乳和水煮嫩蛋，讓他很是意外，心中頗為受用。這一切完全不會讓人聯想宗教法庭審訊所在的陰森囚室。主教立刻想到的是貴族階級的會談，多半是國王下的命令，純粹只是個形式，很快就能結束。他錯得可嚴重了。卡索夫是個思慮縝密的人。他熟知宮廷規範與細微講究的皇室禮儀，非常清楚在詢問教皇使節時不能用掐住粗俗扒手的耳朵那一套。他長期與這個階層的大人物們打交道，也曉得，只要畢恭畢敬地哄哄他們，這些人的戒心很容易就被催眠。稱得上是最細緻的辯論高手的羅貝托．白拉敏，則擁有明顯的決疑論精神，鑽牛角尖到了在任何一條直線裡都能預知可能的轉彎。因此，當喬瑟夫．卡索夫從一開始就以一種他意想不到的語氣進行對談，他著實大吃一驚。

「主教大人，首先，請容我立即懺悔，坦承我借侄兒之口對您所說的謊言……」

他伸出手指指著稍遠之處低垂著頭的馬泰烏斯。神職高官挑了一下眉毛，表示疑問。卡索夫認為這是准許他繼續說下去的意思。

「國王陛下一點也不知道我逕自對大人您所採取的措施。若我國君王祈願聽您的意見，他當然會親自移駕。我承認，這是我自作主張，請人將您帶到這裡來。」

這才是謊言，但說得極具技巧。白拉敏很快地往四周看了一眼。他一方面對這座從未見過的陶瓷火爐十分感興趣，另一方面又急於偵查卡索夫的神色，想戳破背後的祕密，先前對這個房間的其他部分並未多加留意。挪動目光之後，他才看見一個剪影伏案在一張小寫字桌上。那應該是負責紀錄兩人接下來的交談內容之書記官。另外還有一名穿著一件皇家軍隊制服的僕役，負責餐點服務。白拉敏回頭望向卡索夫。

「您可否向我解釋？隊長閣下？」

「我請求您的救援，主教大人。以最謙卑的心。」

「您置身險境？」

「今晚，城堡裡死了兩個人。我們有充分的理由認為這是一起雙屍謀殺。國王陛下指派我進行調查。若找不出凶手，我就完了。」

「誰死了？」

「第谷・布拉赫，以及一位叫卡蒂亞的洗衣女工。」

在接下來的這陣靜默中，卡索夫看見神職高官悲憤地抿緊嘴唇，而小僧侶則驚愕地脫口喊出小小的一聲「噢！」。年輕教士如此本能自發的反應肯定是無辜的表徵。但卡索夫假裝什麼也沒注意到。紅衣主教打破沉默：

「兩人之間有何關係？」

「他們皆誤飲了同一個水晶瓶裡的毒藥。一位是必須服藥，另一人則出自好奇。」

「您希望我為您做什麼？隊長閣下？」

「我只是一個軍人，主教大人。我的職業常需要對抗人心之暴力，也曾遇過幾個怪物。我見過許多道德所不容的犯行，然而，對於解開心智扭曲者的思路，我向來不是很在行……大人，您對人心的深入了解是我所沒有的。」

白拉敏微笑起來。奏效了。卡索夫獻上殷勤，為紅衣主教指定一張單人扶手椅，就在他似乎非常感興趣的瓷磚壁爐旁邊。這一位不等人請，自行入座，流露出喜好舒適之人明顯的心滿意足。安瑟默教士在一張木頭椅坐下，卡索夫則坐在他們的對面。坐下時，他示意馬泰烏斯可以退下休息。侄兒低調地自行離開。

「您想喝些什麼，主教大人？」卡索夫問。

「牛奶，溫熱的最好。」

卡索夫一個眼神，僕役便開始端上餐點。正當紅衣主教切下一塊杏仁蛋糕，卡索夫又說：

「接下來幾個小時，我必須詢問國王陛下的所有貴賓。我已事先放出風聲，讓整座城堡裡的人都知道，我詢問的第一人正是主教閣下您。這麼一來，絕沒有人敢違抗，既然大家都知道教皇聖下的使節已自願參與調查。」

紅衣主教抬眼注視軍官。

「您自稱不解人心，卻似乎對操縱心智頗為在行，隊長閣下。」

「我不知道我是否在行，大人，但基於國王對我的信任，我不提高警覺不行。我強迫自己絕不低估我的談話對象。如今沒有人敢在我面前三緘其口，因為在下已承蒙主教閣下俯允賜言。」

紅衣主教緩緩品嘗口中的杏仁蛋糕。然後飲下幾口加了蜂蜜調味的溫熱牛奶。卡索夫的直覺沒錯。這位權高位重的神職官員醉心暢享貪食之罪。

「您是否已有一些線索、幾個嫌疑者？」

「完全沒有，主教大人。御醫僅確認瓶中含有毒藥……」

「我們是否知道這毒藥是怎麼注入水晶瓶的？」

聽見紅衣主教說出這句「我們」，卡索夫有某種欣快之感。這表示眼前這位對這起事件已經上心。他接話說：

「希望我們不久之後就能知道。儘管如此，罪犯所用的武器只是線索，極難成為決定性的證據。何況我們尚未掌握犯罪動機……」

白拉敏讓卡索夫的句子懸在那裡等著，這段期間他又吃了一塊蛋糕。

「事關天文學家布拉赫這位如此標誌鮮明的名人，針對他而來的嫌惡理由應該不在少數。」

「遺憾的是，我也得出了相同的結論。」

「您可曾考慮建立一份可能的嫌疑者名單？」

「名單在此，大人。」

卡索夫伸手越過圓桌上方，遞給紅衣主教一張洋洋灑灑寫了十來個名字的清單。主教一面瀏覽，一面頻頻點頭。

「我想您對這份名單持有些許個人意見。」

「一點也沒有，大人。主教閣下或許有什麼建議？」

「我有好幾個建議，先生。」

被一刀砍斷的位置剛好在下巴下方，頭顱大量噴血，鮮明的紅色與背景的綠色形成強烈的對比。頭頂上一團交織糾纏的蛇，幾乎可聽見牠們怒氣咻咻的尖嘶；那張臉的特色即是驚愕的表情，恐慌與憤怒雜陳。即使已經死了，這顆頭顱似乎仍感受著所有生命的情緒。這是美杜莎的頭顱，由卡拉瓦喬畫於一張木盾上。多虧了摸來的鑰匙，吉普和史卜朗格勒偷偷摸摸地溜進紅衣主教的住處，且謹慎地從裡面將門反鎖。那幅畫放置在展示架上，用一條薄細麻布覆蓋。史卜朗格勒一個箭步上前，讓畫重見天日，然後倒退一步以便更仔細端詳。吉普觀察他的反應，目光在畫作與畫家之間來回移動。即使被砍了下來，即使是畫出來的，蛇髮女妖的頭似乎絲毫沒有失去詛咒能力。史卜朗格勒整個人當場石化。眼睛定住不動，嘴巴微微張開，暫時忘記呼吸，凝視著那幅圖畫，彷彿世界上沒有任何東西能將他與畫作分開。

吉普不敢打斷他和作品之間的靜默交流。他感到這其中有某種言語難以表達之事，超過他自己的理解範圍。終於，永無止境的沉默到了盡頭，愛爾蘭壯漢口中吐出三個字：

「我完了！」

他轉頭望向吉普，又說了一次：

「我完了！」

兩行淚水同時湧出，沿著他的臉頰滑落，他甚至沒想到要擦掉。

「你懂嗎，這個傢伙是個天才。萬一他到布拉格來，我的一切就結束了。」

史卜朗格勒的臉上忽然掃過一股狂怒的表情。那一瞬間，吉普害怕起來，不知畫家是否就要掐死他。這個衝動的巨人完全做得出來！但是他仍因看到畫而心慌意亂，牽著吉普往展示架走。

「你看！看看這幅作品，多麼震撼，簡直是奇蹟，它是……是……某種直到現在為止前所未見的東西！」

他輕顫的指頭在畫面上方游移，不敢略有觸碰，並評論起這幅畫的結構：

「透明感之細緻無以倫比。每一筆都與前一筆融合，彷彿一氣呵成。立體隆起的部分，感覺光線從一個面滑到另一個面，比任何真實光線的效果都好。技巧卓越出色不在話下，但重要的是表情！噢！這副表情！怨恨與驚悚交織，再加上懷疑不信！然後，告訴我，這是個女人嗎？還是一個年輕男子？……不，兩者皆非。仔細看右臉頰上的皺紋，這也是一位老人。這是整體人類的結合。這畫不僅是美杜莎的頭，也是所有被她照映到的面孔，所有被她殺死的人。假如你仔細找，也會看到我的臉……還有你的臉。」

史卜朗格勒停止說話，癱軟在地，跪在畫架前方。畫家心碎痛苦，究竟受傷多深，吉普不太能掌握得準，但他被嚇傻了，看得出破壞力有多大。壯漢激動不已，毫不矜持地號啕大哭。儘管像這樣折腰趴伏在地，他還是比吉普高，但侏儒一時覺得可將他玩弄於股掌。輕輕地，他伸出圓滾滾的小手放在畫家肩頭。

「放心吧，史卜朗格勒。卡拉瓦喬永遠不會到布拉格來。」

用力吸著鼻子，史卜朗格勒抬起頭來。

「你說什麼？」

「我們不能摧毀這幅畫，國王也會從白拉敏手中收下它。但他絕不會收下畫的作者。」

「可憐的寵臣，你工作太認真了，把自己弄得過度瘋癲，超出正常範圍了……少來了，我很清楚魯道夫這個人。一旦他看到這幅畫，必然會丟一大筆錢在那個該死的卡拉瓦喬腳下。」

「的確很有可能。但卡拉瓦喬不會來。」

畫家聳聳肩，一面站起身，用袖口拭去一臉涕淚。吉普感到，氣餒喪志逐漸被憤怒不平取代。時機正好。

「他不會來的，因為我們要去殺掉他。」

使節廳內洋溢著一股奇異的香氣。在卡索夫的要求下，僕役剛端上一個托盤，盤子上有幾個小瓷碗，裡面裝滿了一種飲品，看起來像墨汁，而冒著的淡藍熱氣中卻散發陣陣細膩的濃郁。白拉敏的鼻翼抽動了一下。

「您現在端上的不正是咖啡嗎？軍官先生？」紅衣主教問。

「我得知克雷芒八世聖下最近似乎剛為這種新飲品祈福，以免它成為少數不虔誠者獨享的特權？」卡索夫回答。

「您的情報正確。聖下評斷咖啡對我們的修士有珍貴的益處，能安全延長入夜不眠的狀態，進而在禱告時保持精神清醒……它的滋味也十分討人喜歡。」

卡索夫抓到暗示重點，連忙立刻遞上一個小碗給紅衣主教，並另外也給安瑟默修士一碗。兩個神職人員靜靜地享用各自的咖啡。卡索夫趁此時離開座位，一面伸伸坐麻了的雙腿，一面走到書記官的寫字臺前，俯身檢視他與樞機主教剛才的交談內容。他讀完之後感到滿意，走回桌邊。

「如果我聽得沒錯，主教大人，依您之見，我們這起事件有兩大嫌疑人。」

白拉敏堅定地點了點頭。

「除非布拉赫大人的私人領域裡有什麼事是我們所不知道的，要不然，我看不出其他可疑之處，只有兩條線索想提醒您注意。」

「公爵夫人和天文學者。」卡索夫若有所思地說。

「軍官先生，請您理解，基督教精神正在度過一段艱險的時期，也許西方的整個未來都決定於此。當然，天主教的收復國土運動已在整個歐洲留下深刻的印記。我特別想舉例一五七二年八月那美好的一天[13]，當時的法國展現出稱職的教廷長女風範。」

13 指的是發生於一五七二年八月二十三日的法國聖巴托洛繆大屠殺。當時的國王查理九世之母后凱薩琳・德・美第奇將皈依天主教的女兒瑪歌皇后嫁給信奉新教的亨利四世，藉此將來參加婚禮的新教徒一網打盡，死傷成千上萬。胡格諾派（Huguenot）的新教徒元氣大傷，羅馬教廷鳴鐘慶賀。

卡索夫表面上不動聲色，暗中卻打了個哆嗦。事過幾乎三十年，在羅馬的眼中，聖巴托洛繆大屠殺竟仍是慈愛上帝力量強大的證據……紅衣主教已繼續往下說：

「特倫托會議14以最精準的標準制定了在生活所有層面，無論物質上的還是精神上的，完美基督精神的奉行規範。我們的前任教皇，英勇的西斯都五世，甚至將羅馬建造成基督藝術最輝煌的城邦。然而，您不會不知道，異教徒就像海克力斯所對抗的九頭蛇，具有頭被砍了之後會再長出來的天賦！」

聽著這席話，卡索夫恐懼地想到那些被宗教法庭迫害的不幸受難者，以及帝國之中，因為教廷的錯而犧牲仍淌流不停的血。談起這個顯然令他著迷的話題，紅衣主教愈講愈起勁，現在換他站起身來，走來走去，揮動的衣袖大幅加強他論述的效果。

「您心中應該懷疑，閣下，認為我對貴國君主的任務並不止於單純的外交層面。直到現在，哈布斯堡的掌權者對路德派的態度過於寬大溫和。他必須盡早歸順救贖靈魂之神聖大業，具體證明他對新教徒冷酷無情。至於昨晚在餐宴上，布拉赫大人的新天文理論，在我聽來令人充分安心。這些學說能促進科學進步，同時讓世界保持造物主所構思出的無瑕秩序。梵蒂岡沒有任何可挑剔的地方。相反地，我清楚感覺到那個叫克卜勒的小天文學者幾乎不掩飾地惹人厭。在我看來那個人是哥白尼之流的敗類，甚或更糟，是個為齷齪的布魯諾提香爐的馬屁精。」

「克卜勒，」卡索夫反駁，「某種程度來說算是第谷・布拉赫的學徒。在大學者的指導下觀察火星的軌道。我想他對月球也頗有研究。」

「在他病弱的外表下，那位先生其實是那種會反咬主人的狗。我恰好抓到幾次他的眼神，清楚道盡他對布拉赫心懷憎恨。可以很明確地感覺到他利用布拉赫，卻又根本輕視他。我再補充一點：他的一生充滿路德學派的痕跡……他在阿德貝格的講座，還有毛爾布隆[15]的課程，最後還在格拉茲的新教學校當教師。這一切聞起來滿是刑架上的柴火味。」

「確實如此。」卡索夫同意。「不過，從這些事蹟到謀殺布拉赫……在我看來，克卜勒的體質稍嫌孱弱。」

「您不是說殺人的武器是毒藥？那不正是怯懦或體弱的人的最佳武器？」

「或者女人也適用？」

「這就是為什麼我認為多徹斯特公爵夫人可列在您名單上的第二位。誰也不能叫我排

14 特倫托會議（Council of Trent），一五四五年至一五六三年間，羅馬教廷在北義的特倫托（Trento）與波隆那（Bologna）召開的會議，以因應馬丁・路德倡議的宗教改革所帶來的衝擊。

15 阿德貝格（Adelberg）與毛爾布隆（Maubronn），皆位於現今德國南部的德國巴登—符騰堡州。

除她是英國女王密使這個想法。」

「我不明白此事與第谷・布拉赫之死之間有何關係。這場謀殺對英國有什麼好處？」

紅衣主教似乎已透過這次交談中發洩了部分積怨，回到他的扶手椅安靜地坐下，從托盤上抓起一顆糖漬無花果，心平氣和地啃咬了一會兒才回答。

「一方面，一旦布拉赫被消滅，貴國君主必將任命克卜勒為『皇室數學家』。克卜勒是新教徒，公爵夫人也是。另一方面貴國君主毫不掩飾他對星象占卜之熱中。那麼，命令克卜勒照本宣科，講一份完全有利新教派的預測，並與伊莉莎白一世及聯省共和國[16]拉近關係，還有什麼比這更容易的？直到今天為止，布拉赫一直對占星術多所保留，某種程度上也成為擋下這些瘋狂怪誕之事的盾牌。但現在他再也無法……」

「主教大人您說得的確有道理。」卡索夫承認這番解說令他動搖。

「祈願上蒼證明我是錯的，先生……我猜我已經回應了您的期待。」

「遠超過我先前所寄望的，主教大人。」

紅衣主教再次微笑，既表示自滿，也顯露這場晤談為他帶來愉悅享受。

「在我們離開前，先生，可否請您派人再送一杯那美味的咖啡給我？」

「想必對主教大人您而言，讓一位僕人直接送到您的住處更為合意？」

白拉敏點點頭，這個動作也可算是一種感謝的方式。他站起身，安瑟默修士也立刻照做。

「最後一件事，主教大人……可否容我問安瑟默修士一個問題？我們完全沒聽到他發言，而……」

對於這則在他看來時機不當的要求，紅衣主教顯得有些惱怒。

「我懷疑安瑟默修士能有什麼可以告訴我們的，不過，如果您堅持的話……」

卡索夫轉身面向看起來不太自在的小僧侶。

「我的問題很簡單。安瑟默修士，您比其他所有賓客都早離開皇家宴會。我說的沒錯吧？」

「我的助理是聽從我的命令出去的。」白拉敏插話，不等手下回應。「您知道，我們為國王帶來一份非常珍貴的禮物。當時我認為，我們任它無人看管的時間太久，因此要求我的助理盡早回到住處。他也照辦了。」

16聯省共和國（Provinces-unies），中文俗稱荷蘭共和國，是一五八一年到一七九五年期間，在現今的荷蘭及比利時北部弗蘭德地區所存在的一個國家，這段期間也是著名的荷蘭黃金時代。

「這個我了解，主教大人。但是您，安瑟默修士，您是否直接上樓回到房間了呢？倘若您的確上了樓，是否後來就沒再出房門一步？」

一陣猶豫空白。紅衣主教轉身望向年輕僧侶，只見他一下子刷紅了臉，簡直已到緋紅的地步，卻一個字也說不出口。

「欸，安瑟默修士！您變成啞巴了嗎？」樞機主教不耐煩起來。

「我的大人！……啊，我的大人！」年輕男子終於吞吞吐吐地說，「在我回答隊長的問題以前，懇求您先聽我的懺悔。」

兩個男人被年輕僧侶的反應愣住，面面相覷。卡索夫比了個動作，表示讓主教來決定。大人指了指門口，男孩垂著頭，急忙走出去。

「一旦我們的告懺結束，安瑟默修士就會立刻下樓來見您。」白拉敏結論。「不過我仍懷疑他的告白真能對您的調查造成多大的影響。克卜勒或多徹斯特，無論凶手是哪一個，請您盡快解開謎團，隊長閣下。梵蒂岡必由衷感激您的辛勤努力。」

卡索夫彎腰恭送。以一種高貴的舉止，處處標記其職務之崇高，白拉敏主教朝出口逐漸走遠，絲毫沒想到他的紅衣長袍掃空了最後一點杏仁蛋糕屑。

第七章　欲望與失序

「兩人同睡，皆會暖和；但若一人獨睡，他如何取暖？」

——《傳道書．第四章》

喬瑟夫．卡索夫伸手挨近壁爐，轉頭對侄兒說：

「怎麼樣，馬泰烏斯，你看到這件事辦得多麼乾淨俐落了嗎？根據白拉敏的說法，我們只需從兩名嫌犯中選一個。」

「所以您相信紅衣主教？」

「我當然一點也不相信，你放心！白拉敏是個政治人物，一切都用他自己那扭曲的思想當評估標準。不過這不表示他的分析一無是處，但還是太籠統。對他而言，人就像棋盤上的棋子，你也知道，非黑即白。而我，我在人生中所學到的，會讓我傾向於把他們看成灰色的。」

他走到馬泰烏斯身邊，慈愛地摟摟他的肩頭。

「來吧，好孩子，我知道這些犯罪惡行讓你極度悲傷，但他們不會一直逍遙法外的。」

「您向我保證，叔父？」

「我保證。」

他邀馬泰烏斯喝杯咖啡，年輕人卻皺著鼻子拒絕。

「我不懂為什麼有人會喜歡這種飲品，聞起來像難喝的藥水！」

「說不定以後你會改變看法。」卡索夫預言，一面品嘗一小口燙喉的黑色液體。

書記官撒了一小把沙，吸乾紙頁上的墨水。他將那一捆紙交給卡索夫，禁衛隊長迅速瀏覽起來。

「其實不需要提起安瑟默修士的疑慮的！」

「可是您之前強力建議我紀錄所有事情，隊長。」書記官窘迫地道歉。

「對，這倒是真的。」卡索夫將紙捆還給他，承認事實。「好，我們這才剛開始而已，而……」

他的話被廳外傳來的敲門聲打斷。畫家史卜朗格勒低著頭走進來，兩眼注視著地板，彷彿一名前來討賞的臣子。而事實上，向禁衛隊長及其侄兒打過招呼之後，他便宣告來意：「隊長，請原諒我在這個時候突然打擾，但我希望能跟您分享一件煩惱，您聽了想必會吃驚……」

他停頓下來，打量正盯著他看的馬泰烏斯和書記官，另外，以他畫家的本能，他也注意到照映在壁爐瓷磚上的燭光。

「我洗耳恭聽。」卡索夫說。

「您也不是不知道，隊長，我的藝術工作迫使我尋求活體模特兒的服務。」

「死體模特兒會讓我很擔心，史卜朗格勒大人。」

壯漢擠出一個微笑。

「而狀況是，其中一個模特兒，一位年輕女子，幾天前已從義大利抵達。我必須去跟她會面，此時此刻，她正等著我。」

「她在等您？在哪裡等？」

「在燈籠客棧。我知道那不是一個適合常去的地方，但地方是她選的。」

「那位年輕美人叫什麼名字？」

「菲德利……菲德莉卡。」

「然後呢？」

「菲德莉卡……康提尼……」

「史卜朗格勒大人，我恐怕您那位親愛的菲德莉卡必須在那個聲名狼藉的地方再多待一晚，況且，您當初就該勸她改住所的。」

「我沒想到我們會被困在城堡裡。請您讓我去找她。」

畫家懇求的語氣與他魁梧的體格形成極大的反差。

「不予考慮。」卡索夫根本不管這件事。「幾個鐘頭前發生的悲劇嚴格禁止我去破壞與國王陛下共同研議出的命令。只要第谷・布拉赫的死因尚未釐清，就沒有人能從這裡出去。」

史卜朗格勒的目光轉向馬泰烏斯，尋求協助，但未獲回應。

「我猜我再堅持也沒用了？」

「您猜得沒錯，史卜朗格勒大人。所以，請回房重拾畫筆，我相信光憑記憶一定也能創作出色的畫像。」

畫家彎腰行禮，控制胸中翻滾的怒氣，走出使節廳後，忍不住用力甩上重重的木雕門。他一出去，卡索夫就對侄兒說：

「馬泰烏斯，你得去那間客棧，去燈籠客棧走一趟。你曉得那個地方嗎？」

「就我所知，親愛的叔父，那裡與其說是客棧，不如說是妓院，而且還是一間賭場，很多人的錢都在裡面被掏光了。那根本不是個年輕女人該去的地方。」

「我很同意你的看法……假如那個女人真的存在的話。你注意到了嗎？我們的大畫家在必須說出那個號稱是義大利人的模特兒時，顯得為難尷尬？」

「難道他中了賭性之魔的……」

「可能是那種魔鬼也可能是另一種鬼，誘惑永遠不在少數。」卡索夫打斷他的話。

「我派你去找出燈籠客棧如此吸引史卜朗格勒先生的真正原因。記得要謹慎，盡快回來。我怕這裡的緊張氣氛馬上就會更凝重，到時候我還需要你的幫忙。我們的書記官會替你寫一張通行許可證，讓你自由進出城堡。你去辦事吧，我去監控衛兵交班。你可以在這裡找到我，或者……別的地方！」

書記官已開始撰寫通行許可，畫上花押並加蓋封蠟章。

正當卡索夫準備離開使節廳時，廳門被猛然推開，洛文希爾姆的私人助理跌滾進來。對於自己所造成的騷動，那人一句道歉也沒有，扯開喉嚨喊了起來，那語氣不怎麼符合宮廷禮儀，倒讓人想到魚販的叫賣：

「丹麥國王克里斯蒂安四世陛下大使，主事大臣洛文希爾姆閣下駕到！」

「不！」卡索夫大吼，對這雷鳴般吵鬧的入侵憤怒不已。「叫那傢伙再等一下！」他補上一句，音量也不小到哪裡去，好讓玄關等候室裡的人也能清楚聽見。

「那傢伙……？」大使的私人助理十分狼狽。

「懇請大使閣下稍待片刻。我們即將處理完一樁緊急事件。」

眼見自己遭人如此粗暴地打發，私人助理一臉窘迫，退回等候室。

叔父一個示意，馬泰烏斯一把抓起書記官為他準備的通行許可，悄悄離開。卡索夫又等了一會兒才接待大使。打從洛文希爾姆抵達城堡那一刻起，卡索夫立刻對他產生一股厭惡感。這並非因為他以貌取人——生活歷練早已教會他判讀面具下的人心——而是因為，在那個男人對每個人所展現的那種優越感背後，隊長深信自己在他眼神中辨識出一層殘酷本性。卡索夫無法不這麼想：第一印象永遠是正確的，尤其當那是個壞印象的時候。因此他高興讓大使耐心等待，藉此殺殺他那無禮傲慢的銳氣。終於，他評估時間差不多了，準備接待那個討厭的訪客，於是對後臺尚未出場的人喊道：

「禁衛隊長卡索夫無比榮幸地靜候大使閣下蒞臨！」

洛文希爾姆立即闖入廳內，以征服者的姿態邁開大步朝壁爐旁邊的扶手椅，不等人家邀請，逕自坐下。他的私人助理，畢恭畢敬地走到他背後幾步的地方站定，一動也不動。卡索夫禮貌地彎腰行禮。

「日安，大使閣下……」

對於他的招呼完全置之不理，洛文希爾姆語氣冰冷，劈頭就說：

「有人告訴我，這個審理庭上供應咖啡。」

「您一定是聽到假情報了，大人。」卡索夫駁斥。「您所在的地方可是一間接待使節的地方。不過，關於咖啡，那倒是真的。」

卡索夫示意僕役端上飲品，心中猜想洛文希爾姆應該是遇見了白拉敏，兩人恐怕也已針對剛發生的事件交換過意見。沒過多久他就確定了這一點。

「所以，偉大的第谷．布拉赫離開了我們，從此出發，與他那麼深愛的星星們為伍！」洛文希爾姆發出一聲長嘆，後來又露出笑容，加上一句：「但這趟最終的大旅行，總而言之，是所有人的共同命運，為此悲痛固然是人之常情，也應該想辦法看開才對。」

「當然，大使閣下。」卡索夫回應。「然而，關於大天文學家，令我們悲傷的不是他抵達了旅程終點，而是這樣的出發有點太倉促。」

「那又怎麼樣？……」

進入使節廳之後，洛文希爾姆那雙圓眼珠首度直視卡索夫的眼睛。那一瞬間，禁衛隊長認出他曾在晚宴上多次驚覺的那股冷酷凶殘。這一次，目標正是他本人。他用他最平靜的口吻回答：

「事出必有因；謀殺案必有其動機。陛下指派我去找出死因和犯罪動機。前者的部分，下毒已是不容懷疑的事實。至於後者，我還有許多疑問……」

「而因為您從自己身上找不出解答，所以想從我身上來找？」大使笑著說。所謂的笑，也就是嘴巴稍微咧出一條縫。

「在眾多頭緒中，丹麥這條線讓我很感興趣，大使閣下。也許您可以告訴我，在丹麥，有沒有什麼人可能因這起謀殺而得到好處？」

「別為丹麥傷腦筋了，先生。要知道，您那位天文學家在那裡並未留下多麼愉快的回憶。我不認為他還能在那裡造成誰的永久遺憾。」

「這是宮廷的看法嗎？」卡索夫問。

「這不是一種看法，而是事實。」洛文希爾姆斷然定論，一面攪拌僕役剛端上的咖啡，流露出些許不快。

卡索夫沒有回應，僅看著他將杯子端到嘴邊。大使一口飲盡，發出長長的吸啜雜響，實在讓人倒胃口。這個男人一定頗為自命不凡，才能認為他的舉止儘管粗魯無比，也必然高雅合宜，只因為那是他做出來的。這飲品似乎讓他的臉顯現某種放鬆的表情。再一次，他抬眼望向卡索夫，不過這一次，他那兩棲動物般的厚眼皮半垂，緩和了眼中的凶光。

「我的任務已經結束，也許得知其內容會讓您感到滿意？」他放下咖啡杯，衝著隊長說。

「我並不知道您有任務在身。」卡索夫說，感到此事關係他禁衛隊軍官的自尊。

「這就證明了我確實是適當人選。」大使用一種尖酸的語氣回敬。

卡索夫咬緊嘴唇，氣惱自己顯得如此蹩腳。他靜候洛文希爾姆品嘗完這回合小勝的滋味。過了一會兒，大使又開口：

「您聽好，先生，我到布拉格來並非為了祝賀第谷．布拉赫；無論我在不在，他華麗浮誇的光環也不會因此稍有增減。正好相反，我是來告訴他，克里斯蒂安國王拒絕受理他的申請，這表示他將一輩子被流放。」

「他的申請？」這下子卡索夫可真是聽得一頭霧水。

在他對面的洛文希爾姆則似乎心情大好。

「好一段時間以來，布拉赫大人懷抱起一個希望：得到特赦，回到我們的王國。他動用了自以為還有用的小小影響力，請某幾個名門家族為他辯護，計畫進行得非常謹慎低調。他熱切希望在故鄉終老，甚至重回奢華的烏拉尼堡領地，那塊地方曾讓王權付出了那麼昂貴的代價……親眼看見一個具有一定程度聰明才智的人，一旦觸及情感的領域就完全喪失能力，這始終是很有趣的一件事。倒楣的布拉赫，他那些所謂的朋友反而急忙去向我國君王揭發他的目的，順便強調，萬一他回國，可能引發各種分裂崩解。所以，我來布拉格是為了親口告訴他，克里斯蒂安殿下拒絕受理他的瘋狂企圖。」

「您找到時間跟他說了嗎？」

「沒有。」

接下來，一片靜默，破壞寧靜的只有書記官的羽毛筆在紙頁上刮出刺耳的細響，大使的發言紀錄即將完成。此外，大使本人也很清楚自己所說的話都被抄錄，因此刻意放慢速度說話，方便書記官一字不漏地記下，而且似乎很享受敘述所帶來的樂趣。洛文希爾姆從扶手椅站起身，接著說：

「請記下來：我要回答『有』本是易如反掌之事。這樣您就可以作出以下結論：第谷．布拉赫因遭到祖國國王的拒絕而絕望，自願結束生命。自殺這個結果本可解決所有事情，不是嗎？謀殺罪不再成立，因為根本沒有殺人犯。調查結束。然而事情絕非如此，我跟您說的也都是實話……衡量一切，我寧願這麼做，而非對您撒謊，為您解圍，便宜了您。隊長先生，在下告辭。」

大使突然恢復自大傲慢的態度，向後一轉，揚起斗篷，朝門口離去，沒再多說。他的助理緊跟在後。

卡索夫茫然困惑了好一會兒。他在廳裡四處亂走，一面敲著沒點燃的菸斗。他並不在意洛文希爾姆製造的戲劇效果，但關於他所宣稱的任務，那段話困擾著他。他幾乎認為大使真的跟他說了實話，但同時又有某種什麼讓他深信，像他那樣一個男人，誠實起來可能比說謊更狡猾。隊長也氣惱自己終究被他操弄，而且在這場笨拙的審訊中竟然沒問出任何問題，沒能引誘對手走錯一步棋。他隱約覺得自己被玩弄於股掌之間，甚至到了失責的地步。他估計，現在去糾纏大使會顯得很失禮，於是在心中發誓，往後一定要重回戰場追究到底。就目前而言，最好讓事件暫時平息一下。在這個時刻，他正好該去檢查交班換崗的情況。卡索夫示意書記官可以離開，他自己也走了出去。

至於馬泰烏斯，他已經上路。卡索夫把這項棘手的任務託付給他，他感到很驕傲，下定決心要圓滿達成，不讓叔父失望。此外，他一心渴望為卡蒂亞復仇，這份心促使他想盡快找出害她中毒的男人或女人。而且必須承認，比起大天文學家的逝世，女僕之死對他的打擊更大。馬泰烏斯毫無困難地通過南邊小門，不久就來到小城區的石板路迷宮。頭頂上，任性的太陽被灰雲包圍，突然又撥開雲層，光芒四射地現身，空氣也沒有因此而溫暖些。馬泰烏斯打了個哆嗦，粗魯地打發一個在聖尼古拉斯廣場上跛行的獨腳乞丐，盡量以最快的速度朝燈籠客棧前進。

回到使節廳之後，卡索夫驚訝地發現安瑟默修士坐在一張長椅上，縮成一團。書記官端坐寫字檯前，對他投以狐疑的目光。小僧侶一認出軍官，立即起身，一臉悔過的表情。

「隊長大人，在您開始審訊以前，我寧可先自白。」

「啊！這可真不尋常。書記官先生，您準備好寫下犯人的懺悔筆錄了嗎？」

他指著不知所措的小修士，又說：

「因為，毒害可憐的第谷．布拉赫的那個人，不就是您嗎？」

「噢，不，我要自白的不是這件事。」安瑟默修士顫抖地接話。

卡索夫非但沒有大吃一驚，反而慢慢地把菸斗填滿，然後點燃，這才露出他最嚴肅的表情。

「請說吧……」

「呃……是這樣的……您還記得，晚宴中，白拉敏主教認為先派我回到我們的房間比較妥當，他會叫人送一份餐點過去？」

「到這個部分為止，我看不出有任何值得大驚小怪的地方。」卡索夫評論。「我以為您帶來的是更有價值的作品。」

「確實如此。但事實上，我並沒有直接回房。」

「這就有趣了！所以您晃蕩到哪裡去了？」

「呃……我去了洗衣坊。」修士滿臉通紅地坦承。

「洗衣坊？您去那裡做什麼？」卡索夫質問，開始猜出謎題關鍵。「您缺床單？」

「不……不是，完全不缺……我想再見到為我們送鋪蓋到房間的那位女僕。」

神職人員這句話幾乎是用氣聲說的。隊長可以猜到他付出了多大代價。不過他卻一時興起，想捉弄一下可憐的安瑟默修士。

「這麼說的話，為什麼要再見她一面？」

「我……我們……我屈服於誘惑……她對我使了幾個曖昧的眼神……」

「所以，假如我從頭整理一下……您去與一名洗衣女工會面，然後跟她一起去城堡某個角落偷情？」

僧侶垂下頭，難為情地表示默認。

「很好，很好，書記官先生紀錄了您的懺悔就好，正如我猜想，白拉敏主教大人必然也會赦免您。所以請您自己去跟上帝解決吧！至於我這邊，一個年輕男子盡其本分地讚揚一位年輕女性的魅力，在我看來再自然也不過。」

安瑟默修士再度臉紅起來。

「您去拜訪她的時候，沒注意到什麼可疑之處嗎？」

「沒有。我只看見幾名武裝衛兵和一些端送餐點的僕人。」

「很好。最後問一句，修士弟兄：那位小姐叫什麼名字？」

「卡蒂亞。」

聽見這個名字，隊長摸起鬍子。他思考了幾秒，突然站起身，把小僧侶嚇了一大跳。

「請您跟我來，修士弟兄。我有樣東西想請您看看。」

他打開門，請安瑟默修士往外走。

與暖爐散發的溫暖相較，走廊上冰冷無比。安瑟默修士打著哆嗦，一面努力跟上卡索夫的速度。

「您要帶我去哪裡？」

「城堡的一間密室。此外，我信賴您是個低調守密的人。」

「當然，這是當然……」

經過一條祕密通道之後，卡索夫來到一座通往地下廊道的螺旋梯。安瑟默修士跟在他後面，非常侷促不安。下了樓梯後，禁衛隊長敲敲一扇門，門上的赫墨斯揮舞著蛇杖。

「請進！」米迦埃．麥耶的聲音傳來。

軍官與僧侶進入煉金室。一張大桌子上的儀器都被撤下，上面擺著一具屍體。安瑟默修士起初只看見一頭凌亂的長髮，後來，在御醫的身影後方，他認出一具女性軀體的白皙肌膚。在一股恐怖的預感驅使之下，他又往前走了一步，然後再也動彈不得。

「卡蒂亞……」

「您認識她？」麥耶漫不經心地問。

「可以這麼說，他們就像亞當和夏娃，親愛的麥耶。」卡索夫插話。

正在檢查屍體的醫生被逗笑了，挖苦地看了小僧侶一眼，然後繼續他恐怖的工作。即使他已在屍體各部位先行劃開切口，這副肉體，除了幾近透明的蒼白以外，仍然美艷動人，甚至秀色可餐。安瑟默修士崩潰倒地。

「太恐怖了！願主接納她到祂神聖的臺前！但是……但是我與這起可怕的死亡一點關係也沒有！」

「要是您想抹除犯下原罪的痕跡呢？」卡索夫高聲質問。

「不，不……我……我對主教懺悔過了。我全部都告訴他了。對您也說了……全都是實話，在上帝面前說的實話！」

小僧侶的真誠太顯而易見。卡索夫忍不住最後再刺了他一下。

「我相信您，安瑟默弟兄。但是，別忘了，因為您的淫念，這位可憐的卡蒂亞死時成了罪人。為了將她從地獄之火中解救出來，您花一輩子的時間祈禱也不為過！走吧……不准跟任何人說起您剛看見的一切。」

修士離開時幾乎步履蹣跚。麥耶對卡索夫投以詫異的眼神。

「這些道明會教士把那麼多無辜的人判火刑燒死，偶爾在他們面前放把地獄之火也不錯。」

兩個男人相視而笑。御醫持著一把手術刀，堅定劃下，從左到右，橫向剖開腹腔。禁衛隊長在戰場上見過太多支離破碎的屍體，面對這一幕，並不致驚嚇惶恐。儘管如此，解剖一具如此年輕的軀體，這項舉動中隱約潛伏著一種暴力，令他不太舒服。他拿出菸斗，重新點燃，假裝對熔爐感興趣。爐中的溫火煉製著煉金術的神祕。

「麥耶大人，切開這具屍體對您有何用處？我們現在已經知道這個可憐的女孩確實是中毒身亡了。」

「我並不常有機會評估毒藥在人體組織上所造成的影響，還有毒效究竟如何滲入臟腑，引發充血，最後死亡。」

只聽一個濕漉漉的聲響，卡索夫選擇不去弄清楚狀況。他想到自己的侄兒。沒有必要讓馬泰烏斯太快明白，他那麼迷戀愛上的美麗卡蒂亞，生前卻是一個輕浮的女人，對任何看上眼的男人都以身相許。虛幻妄想是青春的特權，何必剝奪呢？

「您的調查進行得怎麼樣了？隊長大人？」麥耶繼續談話。「我猜您並不懷疑安瑟默修士，也應該不會疑心那可憐的蘇菲亞吧？她對兄長的感情真的很深。」

「您說得對。」

「您也可以把我的嫌疑排除。」

「此話怎說？您對各種毒藥還有第谷．布拉赫隨身攜帶長生萬靈藥的習慣皆瞭若指掌。那天晚上您很早就離開音樂沙龍了，而我直到人家請您過來拯救不幸的第谷時才再度看見您。」

「當時我一直在這裡，守著熔爐。」

「誰能作證？」

「沒有人，的確。」麥耶承認，一面摘除卡蒂亞的肝臟。「不過我又有什麼動機要消滅這位可貴的天文學家呢？」

「一場學者之間的爭執？這類事件偶爾有往暴力發展的趨勢。」

米迦埃．麥耶小心翼翼地把內臟放在一座銅製天平的秤盤上，開始往另一端的秤盤加砝碼。

「我們的研究領域並不相同，隊長。唯一拉近我們關係的，是煉金大業。話說，有件事倒是真的……」

他忽然停頓，引發卡索夫的好奇。麥耶取得兩端秤盤的平衡，在一塊黑板上記下一個數字，然後拿起一條抹布把雙手擦乾淨，轉身面向卡索夫。

「無論用什麼樣的方式，我早該把這件事告訴您。是這樣的……第谷和我，我們剛揭發了一個名叫弗里德希．哈爾斯的江湖術士。他宣稱可以把鉛變成金，但其實是個卑鄙的迷魂騙子，只顧著斂財，他那些受害人太容易聽信花言巧語。」

以醫師的研究現況而言，喬瑟夫．卡索夫看不出麥耶所得到的成果與江湖術士哈爾斯的謊言有何不同，但他很小心，避免做出任何影射。

「那個造假的壞蛋落得了什麼下場？」

「他向我們發誓會離開這個區域，永遠不再踏進布拉格一步。我寫了幾封信給鄰近幾個大公國裡的熟人，示意那傢伙的詐欺勾當。誰知道他會不會決心復仇？」

「所以他有可能躲在城堡的某個角落，準備再次出擊？」

「我曾經這麼懷疑過。又或者他聘了一個殺手。那麼，我恐怕有充分的理由要擔心我的自身安危。」

禁衛隊長把自己包圍在一大片煙霧裡，搖了搖頭。

「我很難相信這樣的假設。從二十四個小時以前開始，我在各出入門口都設置了武裝衛兵。您說的那個人不可能逃過監視潛入。同樣地，如果他或他的殺手這段期間內在城堡裡走動，也必然早就被發現。不，麥耶，您大可高枕無憂：您不是任何人要找的對象，而且在我看來，第谷・布拉赫之死與煉金術毫無關係。謀殺的動機想必……平凡無趣得多。」

他把菸斗伸進一個已經裝滿熔爐灰燼的桶子裡，用力搖晃了幾下。

「不過，等到您終於能自己製造出黃金那一天，麥耶大人，想必您就必須採取所有措施，防範您的人身安全。」

他告辭離開。御醫呆立了片刻，又回到已剖開的年輕女屍旁邊。他等不及想看肺臟對氰化物有何反應。

假髮歪一邊，骨瘦如柴的臉一大半埋在沙發裡看不見，身體蜷縮成一團，多徹斯特公爵呈現一幕淒涼老人的畫面，彷彿死神的陰影已在他頭上盤旋。瑪格麗特女爵瞪了他一眼，眼神中混雜倦乏、厭惡，也許還有一丁點憐憫。這一次，暢懷品嘗過豐盛的早餐之後，他倒頭就睡。好險，他沒色瞇瞇地要求撫摸，平時公爵夫人都任他的手在身上上下游移，甚至沒去注意。很久很久以來，她的老丈夫，除了與財富和爵位相關的樂趣之外，早已不能為她帶來任何快感。此外，她才剛飽受屈辱，那個醜陋侏儒竟敢對她如此放肆妄為。她解開馬甲，確認吉普的衝動猥褻所引發的紅斑已逐漸褪去。這一天恐怕會很漫長，如果能走什麼好運，點綴幾則有利可圖的機密，她很願意挺身掌握機會。她重新梳妝打扮，扣好胸衣，悄然無聲地走出房外。才剛在廊道裡走了沒幾步，她就感到長裙褶襬被什麼東西拉住，先前沒注意到。她回過頭去，看見一隻手，沿著手掌向上，一隻胳臂，再往上，是吉普心滿意足的笑容。

「我們還沒結束，公爵夫人！」

瑪格麗特女爵歎了一口氣，開始解開上衣鈕釦。

「我懂，我的女爵，我明白您只想再次迎接進擊，但我已經無心戀戰。」

公爵夫人把裙襬掀到胸口上。

「我的主人死了，或就快要死了。往後的日子裡，我已沒有可留在布拉格宮殿的理由，而能把我趕出去，財務總監繆勒史坦再高興也不過了！」

「我有什麼辦法？」公爵夫人抗議。「我又不是很熟……」

「我並不求您替我說情，瑪格麗特女爵。我只需要一筆錢，確保近期的未來過得去。」

「不。」

侏儒的笑臉拉得更長了。

「您在國王陛下的圖書室偷走的那封信，在布拉格宮廷裡可值不少麻煩……不過，在英國可就值許多榮耀。榮耀，還加上隨之而來的財富。別這麼吝嗇。至於我，您應該清楚，我沒有什麼好損失的。」

多徹斯特公爵夫人確認走廊上沒有別人。有那麼一下子，她想從衣裙中抽出隨身攜帶的薄刃短刀，割斷吉普的脖子。但她胸口的肌膚還記得，他既靈活又強壯，她砍不中的機率很大。

「等一下……」

衣裙的蕾絲花邊窸窸窣窣，她轉身回房，一分鐘後又現身，遞給吉普一個小布袋。侏儒肆無忌憚，當場打開，從裡面拿出幾枚錢幣，用力咬一咬，確認成分。這一次，瑪格麗特女爵覺得他真的太過分了。

「沒教養！齷齪奸邪的小人！」

「別說您不喜歡這一味……」

英國美人怒不可抑，揮手給他一巴掌，但吉普動作更快。他在空中抓住公爵夫人的玉手，緊緊握住，牽到嘴邊，吻了一下。

「我永遠不會忘記您的，親愛的女爵。」他貪婪地低語。

公爵夫人用力抽出手。侏儒彎腰行了個禮，便從一道他熟記機關路線的暗廊消失無蹤。兩分鐘後，他已來到史卜朗格勒的畫室前敲門。

「進來啊，你這個惡棍！」壯漢邀他入內。「希望有你作陪，在這座卡索夫隊長強迫我待著的監獄裡能過得開心些。你知道嗎？他禁止任何人進出城堡！到處都是守衛。我甚至沒辦法接近你告訴我的那條祕道。」

「又多了一個理由好好利用這段被軟禁的日子，」吉普揮揮剛才敲詐來的錢袋，笑著說：「可從多徹斯特公爵夫人那裡再多拿一點。」

「這是什麼？」

「這是夠支付我們去義大利的旅費，親愛的主人！我們將離開布拉格的濃霧，迎向威尼斯的陽光。改變能為我們帶來好處，不是嗎？」

他把錢袋丟給史卜朗格勒。畫家接住後打開，瞥見金幣閃閃發光。

「這筆錢你是從哪裡摸來的？」

「所以你把我當成小偷？」侏儒假意發脾氣。「這樣的話，你就錯了！這是某人給我的恩賜，因為他關心我的未來，而我的未來就是你的未來。」

他環顧畫室一眼，發現史卜朗格勒已繼續開始畫第谷．布拉赫的肖像。

「你認為現在還有必要完成這幅畫嗎？幾個星期後，年輕的克卜勒即將取代第谷的位置，到那時，你這幅肖像已不適用。」

「這筆訂單的酬勞國王已經付了我一半，只要再三個工作天，我希望能拿到當初說好的另一半。這麼一來，我也可以為我們的義大利之旅做出一點貢獻。」

他把錢袋還給吉普。侏儒已經湊近畫架，以便更清楚地檢視天文學家的肖像。畫中的第谷．布拉赫站立著，頭戴羽毛裝飾的無邊船型帽，身穿一件暗色短衣，頸上掛著金項鍊。在他身邊，一張桌子上擺放了天體圖，一副羅盤和一架望遠鏡；底部有一扇窗敞開，窗外的夜空中可見一輪明月，幾點星星。但吸引侏儒注意的，並非第谷有點僵硬的姿勢，不是他的觀測儀器，也不是夜空中的星星，而是天文學家後面的兩幅畫像，一左一右地掛在窗戶兩側。左邊那一幅畫的是丹麥國王，克里斯蒂安四世，右邊那衣服則是克里斯蒂安的母后，梅克倫堡—居斯特羅的蘇菲。侏儒大笑起來。

「我想，宮廷畫師大人，你恐怕鬧了個大笑話：在第谷背後，你該畫的不是克里斯蒂安國王，而是他的父親弗雷德里克。自從登基之後，克里斯蒂安念茲在茲的就只有一件事：把第谷的領地汶島充公，取消他的所有特權，最後把他的器材和家當都趕出去……所以也包括我！」

史卜朗格勒困惑不知所措，畫筆在空中停了一會兒，隨即繼續，並堅定地說：

「你想不到吧，可憐的小矮人，當初是第谷本人親口要求我在他的肖像畫中畫上克里斯蒂安國王。」

他說著聳聳肩：

「他想必是希望藉此得到君王的恩准，以最理想的狀態回丹麥……」

但吉普宛如被牛虻叮咬了似的，已經匆匆忙忙往外跑，嘴裡還嘟噥著：「我都說了，你畫錯國王了！」

魯道夫數著銀幣，讓錢幣一一掉入財務總監繆勒史坦的手中。

「請您負責那個可憐女孩的葬禮。然後確實讓廚房裡的人們知道，這些錢是我從私人戶頭裡提出來的。」

「當然，國王陛下。儘管如此，您的臣民都已心焦如焚，想知道凶手的身分。」

「那我呢？難道他們以為我不為這件事煩惱？」魯道夫氣炸了。「我腦子裡只有一個念頭：抓住那個凶手，立刻審判，把他送上絞刑臺！」

國王看起來氣惱不甘，抓搔著鬍鬚。

「告訴我，繆勒史坦，您跟這整件案子沒有關係，是吧？您敢對我發誓？」

「即使第谷和我之間曾有幾次糾紛，但是陛下，我的任務是服侍他，而非殺了他。」

有人敲門。在魯道夫的邀請下，一名僕役帶了克卜勒進來。繆勒史坦告退，沮喪地望了他一眼：毫無疑問，這個人即將取代第谷．布拉赫在宮中的位置。他沒有姊妹，沒有侏儒，但有可能把他一家人都接來，這可要花不少錢。

克卜勒侷促不安，站在寬敞的辦公室中間，動也不敢動。魯道夫二世走到窗邊，看著萬里無雲的天空裡夕陽逐漸轉紅。過了一會兒，國王沒有回頭，也沒請來者坐下，只開口問他昨晚是否一夜好眠。

「我從來都睡不好，陛下，大概是因為觀看星星的習慣。而昨晚的悲劇終究打亂了我的夜間作息。」

魯道夫離開窗邊，走到克卜勒面前站定。

「除了他的妹妹蘇菲亞以外，就屬您與第谷．布拉赫最親近，不是嗎？」

「另外還有侏儒吉普……」天文學者起了個話頭。

「他不算數，即使要算也微不足道。」魯道夫嗤之以鼻。「我想請您幫個忙。而您要做的這件事需要絕對低調，也就是說，是個祕密。」

克卜勒受到吸引，保持沉默，等待下文。

「我已經派人通知所有賓客：不可將關於第谷中毒的調查洩露出去。噢！我猜一定會有風聲耳語，而且某些人，或者該說某些女人，應難以抗拒誘惑，到處去講這起可惡的事件。不過，所有這些傳言最後都要與官方版本對質。」

「官方版本？」克卜勒結結巴巴地問：「官方版本怎麼說？」

「問得正好：它會說明，我們親愛的第谷，好一陣子以來一直為膀胱所苦，結果因為尿液滯留症而去世。想必是因為介紹觀測儀器和應付白拉敏大主教的審訊太吃重，他想解尿，卻無法及時去解出來，於是他的血液中毒。最後的細節部分請您與御醫米迦埃・麥耶一起商量。」

「我？為什麼是我？」

「因為，親愛的克卜勒，您將以第谷・布拉赫助手的身分，撰寫恩師的臨終日記。而我們將拿這份報告出去發布。至少在真凶被逮捕以前如此。」

「那之後呢？」

「之後？這是重點，一切都要看凶手是什麼樣的人而定。」

在魯道夫二世身邊服務多年，喬瑟夫・卡索夫可以自誇是最熟悉布拉格城堡的各座塔樓以及走廊的繞法，還有城堡的樓梯和祕道的人之一。因此，他逐漸研製出各種私房路線，從一個點到另一個點，從守衛廳到西班牙廳，從國王寢殿到音樂沙龍，或從神祕的地下廊道到馬廄。他開始尋找漢娜・朗德。當時她監控著晚宴的進行，或許注意到了什麼重要的細節。他氣惱自己怎麼沒有早點審訊她。他腦子裡浮現某幾次閃躲的目光，以及她偶爾暗中觀察天文學家和他妹妹的那種特殊方式。到目前為止，他一直把那些表現歸納為女性莫名的嫉妒心。卡索夫到處找不到女總管：她不在寢殿樓層，不在宴會廳，不在地面層的各個等候室，也不在洗衣坊，專屬家僕活動的地方都不見其蹤影。也許她會在廚房？卡索夫決定走一條祕密捷徑過去。這條祕徑的入口巧妙地隱藏在宮殿的一座樓梯下方，看起來像被一道柵欄封住。事實上柵欄可以旋轉，可從這裡進入一道非常狹窄，陰暗且潮濕的廊道，一次只容一人通行，突然一個拐彎後，就來到廚房側門的附近。但當隊長走到柵欄時，卻看見暗門的門軸正在轉動。他連忙躲入一面牆後。一個戴著斗篷帽的身影從祕道走出。那是一個女人。卡索夫上前抓住她，敏捷地伸出手，掀下她的兜帽。

「漢娜．朗德！我正巧在找您。」

年輕女子受到驚嚇，不敢動彈；她的自制力很強，沒有洩露這些緊張情緒。隊長扯掉罩住女總管的斗篷：露出一個裝得滿滿的行囊。

「您要去哪裡？您知不知道：自從第谷．布拉赫中毒身亡之後，沒有任何人有權離開城堡的城池範圍？」

「我去哪裡有何重要？這裡已經沒有我的事了！」

「是您殺了他？」

「不是，可惜不是。」漢娜恨恨地說。

卡索夫挑高了眉毛。

「我們必須談一談。」

五分鐘後，輪到漢娜坐進使節廳。她拒絕了咖啡，坐得又直又挺，一臉倔強，並且很奇怪地，看上去對自己的命運毫不在乎。書記官取了一頁新的白紙紀錄她的回答。

「漢娜，對於謀殺第谷．布拉赫之人的身分，您是否有任何想法？」卡索夫質問。

「沒有。我唯一知道的是，那個人奪走了我的復仇機會。」

「請解釋清楚。」

「我從小在丹麥的汶島長大。當時，那是第谷．布拉赫的領地，他還在那裡建造了天文觀測臺。他對全島島民施行一種恐怖統治，徵收各種稅，毫不猶豫地嚴懲反抗者，冷血無情。」

「我猜，這就是為什麼在弗雷德里克二世死後，繼任的兒子克里斯蒂安四世立刻撤銷第谷的領地及特權？」

「是的。不過即便如此也不能把我的弟弟還回來……在第谷的領地被撤銷之前的十二年前，一個夜裡，我跟弟弟一起去一個漁產豐富的小灣野獵抓魚。那天晚上，布拉赫大人接待了一名皇室訪客。他的兩名士兵發現我們，追了上來。我的弟弟過度驚慌，活生生在我眼前落海溺斃。於是，我在心中發誓，有一天一定要報這個仇。」

「而您昨晚大可實踐復仇計畫。」

「我恨不得可以。相信我，隊長，若是可以的話，我很樂意向您自首。」

卡索夫陷入困惑。漢娜說的是實話嗎？或者是藉著坦承對第谷・布拉赫的恨意，試圖模糊偵查焦點？

「而在犯罪發生的那天晚上，晚宴之前，當下和之後您都沒有注意到任何奇怪之處？某個細節，或不尋常的舉止？」

「沒有，那時我有太多事情要忙。至於這些人或那些人有什麼奇怪舉動，在這個宮廷中，根本是家常便飯！」

卡索夫強忍下笑意。他對漢娜有種親切好感，但在聽過她那番對無辜脫罪極為不利的證詞後，他無法容許自己放任她自由行動。他把她交給在廳前站崗的士兵，命令他將年輕女子關入馬廄附近的囚室。

「注意，我要她受到禮遇善待。聽懂了嗎？」

「是的，隊長！」

他目送年輕女子將裝著全部家當的大袋子抱在胸前，在妥善押送下離去。她有殺害布拉赫的明確動機，很可能曾經有機會，但禁衛隊長滿心不願相信她是犯人。這位丹麥美人，為了製造復仇機會，不惜成為哈布斯堡國王魯道夫二世的情婦；或許就連卡索夫也被她的魅力所迷惑。

第八章

面具與面目

「我完成了講述生靈變形成為新形態的構想。」

——奧維德，《變形記》

風從碼頭吹來，把魚攤的腥臭擴散到鄰近老城區的小街巷裡。馬泰烏斯匆匆趕路。到了這個時刻，天色漸暗，商人紛紛關上店面。街道上還有不少人潮鑽動，有挑著水桶或柴薪的腳夫，高聲交談、歡笑如雷的學徒，以及希望能趁著打烊前占到折扣的老主顧。再過半個鐘頭，石板路上將空無一人。到了那時候，夜晚的小巷將屬於四處遊蕩的動物；而比饑餓的野狗或野鼠更令人不安的，是暗處那些戴著面具的人，伺機而動，從某個遲歸路人身上劫一筆意外之財。

右邊一間草藥舖，左邊一座木作工作坊，燈籠客棧傲然盤據兩條小巷交會的角落，招牌高掛——一盞用鐵鏈懸吊起來的巨大油燈。著名的燈籠尚未點亮，但透過入口大門的厚玻璃窗格，隱約可見燭臺和桌燈的微光。馬泰烏斯走了進去。

兩張長桌擺在主要廳室中，其中一張已坐了一群荷蘭旅人——年輕禁衛軍是從他們發音中的前顎擦音和喉音辨認出來的。從外型來看，他們滿面紅光，寬廣的啤酒肚，厚暖的羊毛衣，商人的身分瞞也瞞不住。他們一面爭辯生意上的事，一面忙著填滿菸斗，絲毫沒注意到馬泰烏斯進來；倒是一聲歡快的「久違了，大帥哥！」從靠近壁爐的那一桌傳來，慶祝他的到來。那一桌有四個學生，都穿著黑袍，手裡持著酒壺，慶賀他們剛拿到學位。剛才喊他的那人戴著一頂毛線軟帽，馬泰烏斯認出這張臉。

「馬瑞克！」馬泰烏斯驚呼，「我們三年多沒見了……」

「四年，同學。美好紮實的四年大學生涯。這可是會改變一個人的，不是嗎？不過，毛頭小伙子，你要知道，馬瑞克．史坦貝克已經不存在了。我向你介紹，在下馬庫斯．史特拉蒙塔努斯。」男孩回應，同時彎腰行了個滑稽的禮。「他們是我的死黨：佩特魯斯、安布洛修斯，還有帕烏路斯；他們分別是法學家、文法家和神學家。他們的本名是：佩特、布洛茲和帕維利克。至於我，我就直截了當地告訴你吧！我變成了哲學家！」

每個年輕人都對馬泰烏斯表示歡迎，讓他坐到他們那一桌。即使他受到親切招呼，處於這一群大學生之中，年輕衛兵仍有些不自在。幾年前，他還和馬瑞克並排坐在耶穌會學校的長椅上學習，但他的父母感染了黑死病，雙雙死去，連帶他的學業也敲響了喪鐘。於是他的叔父把他帶進城堡，以軍人而非文人的方式教養他。他多多少少會說一點蹩腳的拉丁文，但在這些男孩面前賣弄就顯得可笑了。幸好，他很快就放心了：老同學馬瑞克細心體貼，用捷克語繼續眾人的交談。

「你絕對想不到，我們今天才剛從格拉茲抵達。累死人的旅行。整整坐了十天車，腰骨都快散了。不過我們已做好準備，寧願忍受一切折磨，也不要在那些野蠻的史泰利亞人[17]的地盤上長期住下去！」

「真正的生活在布拉格！」那個叫帕維利克的傢伙大嚷，搖晃手中的啤酒壺。

「敬布拉格！」其他三人也齊聲高喊。

馬瑞克不讓推辭，把自己的酒杯遞給馬泰烏斯。

在廚房裡忙碌的客棧老闆娘瞥見馬泰烏斯，不但沒派出哪位打響她店家名聲的姑娘，反而親自走到桌邊來。與店裡那些當做挑逗誘餌的女侍截然不同，老闆娘是個中年胖婦人，腿短屁股大，在長桌長椅之間漩渦似地打轉搖擺，看起來塊頭更大。她是那種砍兩刀就能去掉一隻火腿骨頭的女人。她跟馬泰烏斯打招呼，把他當成一般客人，雖然她早就認識他。想必是基於專業上的低調，馬泰烏斯心想。他大方地點了一壺兩品脫的酒，換來整桌人歡呼喝采。客棧老闆娘為這些年輕人端上酒，同時偷偷打了個暗號，示意馬泰烏斯她有話告訴他。男孩被這場意外重逢絆住，不得不延後一會兒才能去找她。他一隻耳朵友好地聽著馬瑞克和他的死黨們熱烈的討論，連連抨擊該死的新教徒，一面試著在客棧人員中辨識出史卜朗格勒所說的那位女子，優雅美麗得點燃了他的畫筆，而且想必不僅畫筆，還點燃了其他東西。但在那些在公共客廳內活動的姑娘中，沒有一個看起來像義大利女神。所有女孩都有著粉紅色的雙頰，金髮及牛奶般的肌膚，標準中歐女性的長相。馬泰烏斯最後找了個託詞向朋友們說與老闆娘有事要處理，便告退遁跡。

「我猜是件毛手毛腳的事吧?!」馬瑞克對他眨了眨眼。

馬泰烏斯微微一笑，任由別人去猜。比起被懷疑有對他這個年紀的單身漢來說非常合理的花柳需求，要他承認來此地的動機是為了調查辦案可能還更叫他臉紅。

廚房的一具柴火爐上，老闆娘正攪拌著一鍋濃湯，應該已經燉了好幾個小時。爐灶裡冒出煙燻肥肉和融化乳酪的香氣，令馬泰烏斯垂涎三尺。他突然想起自己從天亮以來什麼都沒吃。

「你是卡索夫隊長的兒子？」見他走過來，老闆娘問道。

「我是他的侄子。」馬泰烏斯糾正。

「不過你在他身邊工作，不是嗎？我猜是煉金師他們派你來的？」

馬泰烏斯一頭霧水，不過他努力面不改色。所謂的煉金師又是什麼事？他的沉默看起

17史泰利亞人（Styrien），居住在現今的奧地利南部與斯洛文尼亞北部；成立於十二世紀的史泰利亞公國，在一九一八年解體。

來反而像詢問，於是客棧老闆娘接著又說：

「當麥耶和布拉赫為了那件詐欺的事來找我，我馬上就曉得他們在找的人是誰。因為我在客棧接待過他好幾次，那個名叫弗里德希．哈爾斯的傢伙，帶著他的手提箱四處兜售，裡面裝滿不怎麼正派的小藥瓶和藥粉。他可真有自信，一點也不遮掩，卑鄙的混賬！」

「看起來不正經的勾當絕對做不久。」馬泰烏斯評論，只為了換個話題。

「而現在你可以告訴煉金師大人們，我有哈爾斯那個傢伙的好消息。」客棧老闆娘邊說邊用湯勺舀起冒著煙的濃湯，裝滿好幾碗。

她抬眼看馬泰烏斯，用宣布的口吻說：

「有人找到他了。」

「他在哪裡？」

「有一大部分在鰻魚的肚子裡。」胖婦人哈哈大笑。「是我的鄰居，草藥店那個老好人文卡，他在伏爾塔瓦河邊的爛泥裡釣到他的鼻子。文卡也上了他的當，被他用智者之石迷惑，事先支付他二十枚大銀幣，投資他號稱的煉金研究。研究？聽他在胡扯！那個廢物承諾給他黃金，結果給的是黃銅！魔鬼之子！一定是有人找他狠狠算了帳！」

客棧老闆娘放下湯勺，因為提到魔鬼名號，連忙在胸前畫了個十字，然後又說：

「由於他是在猶太區被發現的，所以是他們負責埋葬他剩下的軀體。真可惜。這個傢伙，我倒想親眼看他被吊死。不過你可以請你叔父放心了。你們鎖定的那個男人已經不再是麻煩了。拉比可以告訴你更詳細的狀況。」

「您已經說得夠多了，我叔父和煉金師們都會非常滿意。更別說國王陛下了……不過，我來這裡不是為了這件事。」

客棧老闆娘已經離開湯鍋，去查看爐火上的串烤雞。男孩猶疑的語氣引她轉身回頭，眼神疑惑。他接著說：

「我在找一個姑娘……」

「哦！」婦人聳聳肩，「我很清楚把一個孤單的年輕男性帶到燈籠客棧的是什麼。讚美上帝，你不是第一個也不會是最後一個。」

她豐滿的乳房隨著寬厚的笑聲顫動起來。馬泰烏斯覺得自己的臉都紅了。他最怕這個。於是他以一種刻意充滿雄性自信的口氣回駁：

「我正在出任務，為的是一件非常嚴肅的事。我們正在找一名義大利女子。她叫做康提尼……菲德莉卡．康提尼。聽說她剛到您這裡不久。」

老闆娘換了一種新的好奇目光打量馬泰烏斯。她微微瞇起眼睛，態度神祕。

「康提尼小姐……有，有的……你對康提尼小姐感興趣？」

「這個名字是人家告訴我的。我必須跟她會面。」

馬泰烏斯不想任由難纏的老闆娘用狐疑的神色把自己弄得侷促不安，從皮製短衣中取出一小袋錢，放在她面前，就在湯碗旁邊。她一言不發，打開袋子數了數，收入圍裙的內袋裡。

「她的房間在樓上，上樓之後第一間。你直接進去等她就行了。她出去買香膏，應該不會太晚回來，如果藥師不過分為難她的話。」

「很好。我還要一碗濃湯和一杯葡萄酒，就在房間裡享用。不過，如果可能的話，我希望沒人看見我上樓。」

老闆娘露出心照不宣的表情，默默地把馬泰烏斯點的餐放在一個小木托盤上。

「對了，你剛給的價錢可以多加一塊蛋糕。」她在粗陶碗旁邊又放上一大塊蓬鬆可口的杏仁餅。

身為一個奸巧的商人，她認為博取一位未來的宮廷軍官的好感是很機智的做法。至於這個年輕人要跟「康提尼小姐」做什麼，不關她的事。她暗想，反倒是今天晚上刻意對他獻點殷勤，有助於未來拉個良好的關係。

「從這裡走。」她又說，指著廚房最裡面的一扇矮門。「你會看見一道樓梯，通往廊道。從這個方向過去，她的房間是最後一間，走到底就是。你想在裡面待多久就待多久。」

手裡端著托盤，穿過廊道，馬泰烏斯不太知道該用什麼態度面對那位外國姑娘。當然，他並不是初出茅廬的新手。在小城區的花園裡，他也看過一些衣衫輕薄的女孩，也不止一次在城堡的某個女僕懷中過夜——她的雙臂熱情迎人，雙唇技巧內行。但從這些經驗跳到受命進入一名妓女的閨房，只為了從她那裡挖出宮廷御用畫師當初究竟如何安排他的行程……

他腦中思緒紛亂，心不在焉地聽著食堂大廳從地板縫隙傳來的混雜人聲。在學生和荷蘭富商兩群人之間，現在又摻入一群賭徒，可聽見骰子在桌面滾動的聲音。這個夜晚看來必然熱鬧，但馬泰烏斯無心同樂。他來到客棧老闆娘所說的房間門前，拉開插栓，走了進去。

窗簾敞開著，僅透進滿月的銀光，將房間照映出淡淡的藍色。明天天氣晴朗，男孩心想，一面將餐盤放在一張狹窄的桌子上。他逐漸習慣了幽暗的光線，發現床鋪在壁龕中，流蘇簾幔半掩。一床幾何圖案的鴨絨被披垂到床墊外，再加上一顆飽滿的鵝絨枕，彷彿歡快享樂的邀約。人說燈籠酒館是布拉格數一數二的好客棧，果然不負盛名。窗戶對面的牆上，一個作工精緻的大抽屜櫃，擺著一面鏡子和梳妝用品。在彩釉陶罐旁邊，馬泰烏斯找到一把打火槍，於是他敲擊起來，花了整整五分多鐘才打出足夠的火花，點燃火絨燭芯。總算，一根小火苗在打火槍口上怯怯抖動，剛好足夠點燃燭臺。床邊有一只打開的行李箱，引起年輕男子的注意。箱子裡有各種馬甲胸衣、長巾、襯裙，摺疊得整整齊齊，散發淡淡的薰衣草花香。菲德莉卡・康提尼顯然是一位優雅整潔的女性。馬泰烏斯伸出手指輕撫，這些飾品女人味太重，令他心煩意亂。他腦海中突然浮現卡蒂亞的軀體，揮之不去。他繼續藉著燭光查看房間，試圖擺脫對卡蒂亞的記憶。在一面牆的壁龕裡，收藏著兩三件珍貴布料製成的裙裝和一件毛皮內裡的天鵝絨斗篷。就算旅客是一名雍容華貴的仕女，衣櫥裡也不會有比這更值錢更優雅的物品。所以這位神祕的康提尼女士究竟是何等人物？竟讓瘋瘋癲癲的史卜朗格勒如此迷戀？必然不僅是一名普通的妓女。說不定是女間諜或從修道院逃出的姑娘，被迫靠著出賣美貌維生……胃部傳來一陣咕嚕，把馬泰烏斯從更進一步的邪念癡想拉回現實。他拉開一張椅子，就著餐盤享用已稍微涼掉的湯。濃湯的滋味果然香醇，分量豐盛，老闆娘可沒吝嗇，加了不少肥火腿塊和乳酪。馬泰烏斯大快朵頤。他拿一片麵包沾抹濃湯最後剩下的一點痕跡，大碗乾淨得像剛從櫥櫃拿出來似的。然後他大口咬下糕點，奶油杏仁糕裡包了椰棗和蜜漬橘皮。真是極品美味。他捧起大杯紅酒飲下，結束這心滿意足的一餐。然而時間過了這麼久，年輕姑娘卻始終未歸。馬泰烏斯在房裡猶疑地走了幾步，來到窗邊。下方的街道空無一人，一片寂靜。樓下廳裡則傳來客人歡樂的喧鬧，偶爾夾雜一個女孩的陣陣大笑。今晚，燈籠客棧高朋滿座。但康提尼呢？不見蹤影。馬泰烏斯響起老闆娘說起姑娘去找的藥師時，曾暗示：「她應該不會太晚回來，如果藥師不過分為難她的話。」很顯然地，他為難了她。

馬泰烏斯走向床鋪，在柔軟的鴨絨被上坐下。突然間，這四十八個小時以來所累積的疲倦一併湧上。舒服的床加上酒足飯飽的甜美困頓，終究不是他所能抵擋。他的眼皮不聽話地閉上了。他倒頭就睡，任自己躺在床上，連外套都沒脫。不一會兒功夫，他已沉沉熟睡。

望遠樓的花園裡，國王魯道夫二世以完全沒有尊嚴的形象蹲踞。他雙手緊攀著噴泉出水口的大銅盆的邊緣，凝聽噴得高高的水滴連串打落，一盆又一盆。這是義大利畫家法朗西斯科・特齊歐（Francesco Terzio）的傑作，命名為「歌唱噴泉」。建造者的確別具巧思，將銅盆的底部設計成厚度不一，所以在水流之下，每個淺盤會發出不同的音調。國王閉著雙眼，狂喜聆聽這場只用水和金屬兩項樂器演奏的音樂會。這首樂曲對他過度敏感的神經施展魔力。在長日將盡，夕陽開始西下的時分，每到初秋總特別焦躁不安的國王匆匆走向花園。他讓平時跟在身邊的禁衛軍下去休息，只留下持火把照明的侍從。現在，幾乎已經過了一個鐘頭，他仍然動也不動，專心凝聽噴泉之歌與安撫他內心的交響曲。在他背後，望遠樓明亮的廊柱隱逝在逐漸低垂的夜幕中。年輕侍從與他保持一段距離，遠遠地看著他，心裡開始想像他的主人或許正在變成青蛙或某種兩棲類怪物，就像在許多噴泉上經常可見的那些雕像。石板路上傳來一個雜響，引他回頭。

瑪格麗特．多徹斯特女爵踏著堅定的步伐從中央小徑走來。她很不高興魯道夫偏心她私自稱為「普魯士肥壯女歌手」的那位。公爵夫人決心趁著不得不在布拉格城堡多待一陣子的期間，盡可能得到最大的利益。每想到那份裝滿書信的檔案她就懊悔不已。無論從何種角度來看，那些信都令人興奮激動；可惜那齷齪的吉普闖入，打斷她讀信和偷信。而瑪格麗特心中強烈認為，只要能經常出入魯道夫的房間，進入臥房旁的側廳就更加易如反掌，幾乎隨時有機會取得那捆密函。吉普用威脅侮辱她，這更令她火冒三丈，一大清早以來，她就有了在最短的時間內誘惑國王的念頭。此外，她從陪侍她的婦人口中得知，有一個叫卡索夫的隊長正針對第谷．布拉赫之死審訊每個人；於是她心想，有國王的保護應能免除她接受審問這項麻煩。由於她大步走來，侍從舉手對她示意，請她不要打擾魯道夫。她聳聳肩，在距離國王不到一公尺的地方彎下腰，而魯道夫文風不動，連眼睛也沒睜開。她低下頭撿起一顆小石頭，往銅盆裡面一扔。小石子「撲通」一聲把國王嚇了一大跳。他立刻脫離專心凝聽的入神狀態，直起身，以暴怒的眼神瞪著瑪格麗特。她竟敢如此粗魯打斷歌唱噴泉之神妙魅力，他顯然氣憤極了。公爵夫人立即知道自己用錯了方法。有些偉大女演員能在一秒鐘內變換完全相反的情緒，瑪格麗特即搬出了這種特殊天賦，在魯道夫腳邊跪了下來，崩潰啜泣。魯道夫二世反而感到為難窘迫，伸出一隻手想協助她，但她假裝沒看到，將臉埋進雙手中，肩膀抖動，悲傷不止，彷彿誰也安慰不了。

「夫人，聽我的請求，」國王同情地說：「請求您節哀。」

她這才抬頭看他，雙眼濛了一層淚光但不致過度，以免為求悲愴效果而哭花了妝。

「噢，我的陛下……我的陛下！」她哽咽地說，泣不成聲。

她又多啜泣了兩、三次。然後，終於委屈地抓住向她伸來的那隻手，握住手腕，踉蹌站起，氣喘吁吁，像是剛被從洪水救起的人。國王和善地親拍她的手背。瑪格麗特贏了。差點因一時衝動而毀掉的誘惑計畫，多虧一段悲劇表演而被挽救。偉大的演技。

魯道夫本身病態敏感，於是對緊張的表現特別有感。看見公爵夫人的呼吸平緩下來，他覺得比較放心了些。而夫人在他耳畔輕語：

「我求求您，請陛下饒恕我……」

「就算我永遠都不知道您犯了什麼錯，夫人，您已取得我的原諒。」

「我的錯即在我的悲傷，我的大人。我悲傷是我給陛下帶來煩惱的唯一罪過。」

成功地用假惺惺的淚水演一場大戲感動了國王之後，瑪格麗特現在使出西卜神諭[18]般的謎樣話術來引誘他上當。

「如果知道原因，夫人，也許我能幫助您療癒這份悲傷？」

「您可以的，大人，若這原因我能說得出口……」

瑪格麗特曾在劇院聽過這句對白，覺得這個時候派上用場正好。她得到的結果比預期的更好。魯道夫確實天真地以為是因為侍從在場，所以公爵夫人難以自由敞開心房。

「我們別在這裡逗留，夫人。天色已晚，氣溫漸涼。」他說，並體貼地解開身上的天鵝絨斗篷，披在公爵夫人的肩上。

幾分鐘後，魯道夫和公爵夫人舒適地坐在一張古董長沙發上，共享一份慷慨地淋上李子酒的當季水果沙拉。在這間小沙龍裡，國王珍藏了幾幅他最愛的畫作，是個十分適合私密談心和溫柔告白的空間。國王大大鬆了一口氣，感到瑪格麗特恢復了精神。一抹害羞的微笑照亮她的臉。魯道夫沒有失望，看著她不久後即爽朗地笑逐顏開。有這麼一位美女作陪，而且她的伴侶不在身邊，他不再掛懷自己的憂愁。現在他希望避免讓自己的煩憂加重她的悲傷，早已忘記在噴泉下方那場貪戀不捨的快樂和被打擾的惱怒不快。目前，他只想要享受歡愉。蜜李酒想必與這股席捲他整個人的新一波狂喜脫離不了關係。

「您聽過維爾圖努斯[19]嗎？夫人？」他突然開口問，眼中閃著一點調皮。

「從來沒有，大人，而我很慶幸自己不知道，因為這樣陛下您就會告訴我。」公爵夫人回應，拿了一片蘋果咬一口。

在瑪格麗特女爵的內心深處，魯道夫突然的大轉變令她鬆了一口氣，省得她再花力氣去編造謊言說明她所謂的悲傷。想當然耳，維爾圖努斯就像她的第一雙長襪一樣，她根本不在乎。

國王站起身，走向一簾掛在牆上的小布幕。公爵夫人向他投以熱切好奇的目光，開啟

18 西卜神諭，以希臘文書寫，類似預言的詩歌。

19 維爾圖努斯（Vertumne），古羅馬神話中負責四季變化以及植物生長之神。

他滔滔不絕的抒情歌詠。

「祂是伊特魯里亞的古老神祇，後來被羅馬人沿用，維爾圖努斯監控花朵的綻放，主導果實之成熟。花園是祂的國度，植物是他的帝國。祂的統治命令，一切大自然皆遵從，蘋果才能紅通通，紅蘿蔔的鼻身又尖又長，大蔥鬚根濃密，圓圓胖胖的蕪菁大豐收，加上精巧的櫻桃，害羞的覆盆子，以及所有那些璀璨的美好，宛如有魔法一般，將滋味變成取之不盡又神奇驚人的豐裕之角……」

國王停頓中斷，喘口氣繼續詩興大發；他的聽眾瑪格麗特被這突如其來，既古怪荒誕又始料未及的蔬果雪崩驚呆。魯道夫大概是忽然文思枯竭，因為他僅伸手去拉布幔，如此結束演說：

「夫人，這位神，祂就在這裡，僅以祂謙卑的神采展現在您眼前……」

布幔順著掛桿滑開，為多徹斯特女爵所揭示的是她這輩子所觀賞過的畫中最獨特的一幅。無庸置疑地，那是一幅半身人像；但畫中的自然人物卻驚人地完全用各種水果和蔬菜的組合來呈現。儘管這幅畫面荒誕怪異，卻散發出一種令人困惑的莊嚴感，迫使人在想笑的時候自動打住。瑪格麗特湊近畫作想更仔細解讀，慶幸自己沒有笑出來。她剛發現蔬果人和國王本人之間的相像程度非比尋常。此外，魯道夫就站在畫旁，挺著胸膛，微微皺眉，如同肖像裡的他一般，昂首抬起下巴。模特兒努力仿效畫中人，想必這在繪畫史上前所未見。

「這幅傑作出自我的摯友阿爾欽博多之手。您覺得如何，夫人？」魯道夫問道，語氣中透露一種幾近童真的狂喜。

「就連景仰朱彼特之無上榮耀的瑟蜜蕾[20]，也不如我本人來得目瞪口呆，大人。」瑪格麗特回答，並轉頭對國王投以一個別出心裁的激動眼神。「誰曾見過比陛下更可親的神祇？」她又低聲補上一句。

魯道夫的表情比畫中更欣喜，轉身將肥梨鼻子對著她，狀如豌豆莢的眼皮眨動，露出微笑。瑪格麗特朝他走去，心想，現在她只需盡情採收。

馬泰烏斯被一場夢喚醒。他覺得好像有隻老鼠在他額頭上爬來爬去，彷彿有些小爪子在他的髮根間鑽動。一種若有似無的輕撫。他還在睡夢中迷迷糊糊，揮手虛晃兩下驅趕。小老鼠卻又回來。馬泰烏斯出手抓住了牠。就在這個時候，他清楚感覺到那是人的手指，而非

20 瑟蜜蕾（Semele），酒神戴奧尼修斯的母親，受天后赫拉設計而仰視宙斯，慘死於雷霆之火下。

夢中的老鼠。他猛然睜開眼，霍地坐起上半身。背對朦朧的月光，一個剪影。一名年輕女子，卸下一頭長髮，穿著絲綢馬甲，篷紗襯裙，站在床邊。她抽開手，後退了幾步。幽微的亮光中，馬泰烏斯隱約看見她的笑容。

「康提尼小姐？」

「人家都是這麼叫我的。」她回應，聲調輕柔，溫暖，微微沙啞。

馬泰烏斯從床上站起身。像這樣在熟睡中被驚醒讓他覺得自己很可笑。若是叔父看到這個場面，他會怎麼想？他試圖扳回一點顏面，支著手肘靠在抽屜櫃上，一面把上衣的扣子重新扣好。

「老闆娘應該已經跟您說過我在這裡等您。」為了打破沉默，他開口說道。

「她什麼也沒跟我說，因為她已經睡了。」年輕女子回答，始終保持迷人的笑容。

為了面對馬泰烏斯，她已稍稍轉過身來。現在，燭光照亮了她的臉。雕像般的鼻子，一對杏眼中深色的眸子閃著光芒，微翹雙唇彷彿鳥兒展翅欲飛，而細緻的鵝蛋臉框在如雲鬈髮中，這些全部加在一起，組成一張美得令人迷亂的面容。一張生來該被畫成畫的臉。馬泰烏斯毫不費力地體悟，面對如此的完美化身，史卜朗格勒該有多麼激動。他假裝思考，挪開目光，避開他自己對美人魅力的著迷。

「我並不想被您看輕，小姐。」他說，語氣不得不刻意嚴苛：「我不是您所想的那種人。」

「我也不是。」她回應，眨了眨眼；在馬泰烏斯看來，彷彿一對蝴蝶翩翩飛起。

「我的意思是，我不是客人。」

「我猜得出來。您仍穿戴得很整齊。」

「我是城堡的禁衛隊員。我在調查一起犯罪。您是我調查的對象之一。」

姑娘輕嘆一聲。馬泰烏斯無法解讀這歎息有何含意。倦怠？失望？菲德莉卡・康提尼往抽屜櫃走來，命令年輕禁衛軍走開一點。她面對鏡子站定，摘下別在太陽穴上方的兩根髮夾，如獅子般抖晃幾下，任髮絲披散下來。

「我不確定能幫您多少忙，大人。您對我有何期待？」

美麗的義大利女子能自在流暢地用捷克語表達，她的口音反而更添加了一抹怡人的異國風情。

「我想問您昨天晚上在忙些什麼，特別是在日落之後到半夜那段時間？」

「可否麻煩您幫我解開這些細繩？」美人回應，轉身背向馬泰烏斯：「這副馬甲快讓我窒息了。」

面對如此出乎意料之外的請求，馬泰烏斯明顯遲疑了片刻。然而，年輕女子用一種無比坦然的語調繼續說：

「關於您的問題，我整個晚上，包括入夜後一段時間，都跟一位客人在一起……不好意思，請您從下面的繩帶開始解。」

馬泰烏斯走近她，但刻意保持一段距離，開始拆解緊繫馬甲的複雜繩結。然而，他無法不去注視菲德莉卡的玉頸。淡古銅色的肌膚細粒在幽微中隱隱發亮。從衣料中裸露的肩頭既小巧又圓滑，可想見柔軟的青春肌理和纖細的手腕足踝。

「您可否告訴我那位客人的姓名？」

「如果我拒絕的話，您是否就認為我有嫌疑？」

不等他回答，一個敏捷的動作，美人同時褪下馬甲和篷裙，衣物滑落到她的腳踝邊。現在她一絲不掛。馬泰烏斯幾乎喘不過氣來，垂下目光，望見她的臀部，那優美的曲線宛如大理石雕像。菲德莉卡．康提尼緩緩朝他轉過身來，動作難免有些戲劇化。馬泰烏斯張開嘴，完全動彈不得，面對剛映入眼簾這一幕，一個字也說不出來。

那副胸膛一片平坦，胸肌線條完美，上面綴著兩顆棕色小乳頭。腹部下方，一副男孩的生殖器，鬆弛但尺寸不小，安放在一叢茂密的柔細軟毛間，有如一隻孵著蛋的小鳥。

笑。

「我又名菲德利可。」原來是男兒身的女孩說，馬泰烏斯呆若木雞的模樣讓他哈哈大

他擺脫了裙襯的束縛，打開櫥櫃的抽屜，拿出一件緊身褲，神態自若地穿上。然後他又在肩上披了一條寬大的羊毛圍巾，指著一張椅子對馬泰烏斯說：

「坐下吧！愛發問先生。我把一切都告訴你。」

他突然改用「你」來稱呼，彷彿同儕間的友好語氣，在馬泰烏斯聽來已沒什麼值得大驚小怪，因他仍深受親眼所見到的驚人變身所震撼。他依言坐下，菲德利可則靜靜地坐上床，盤起雙腿。

「首先，我出生於那不勒斯，明年春天就滿二十歲了。當我還是個孩子的時候，我們教區的本堂神父發現我的聲音好聽。他不費吹灰之力，花了一點錢，就說服我父母把我送進神學修院。對我來說，這總比最後像我父親那樣當個漁夫來得好。那所學校的主要任務是為主教座堂的合唱團訓練歌手。獲選的男孩都有幸獲得最卓越的課程，由半島上最出色的歌唱大師們親自指導。然而，到了十二、三歲的年紀，天生音色最美的那幾位團員都必須接受『改造』。」

馬泰烏斯從未聽過這個字眼，打斷男孩的話：

「『改造』？這是什麼意思？」

「用在動物上的時候，人們說『閹割』。割去睪丸後，身體的發育就被阻斷。男孩永遠不會變成男人，一生都能保有能碎裂水晶的美聲。」

馬泰烏斯忍不住皺眉做了個嫌惡的表情。在魯道夫的宮中，他也曾聽過這些去勢孩童，人說他們的歌聲對耳朵靈敏的人來說是無上享受。在他看來，這卻是種可惡且野蠻的做法。

「看起來你逃過了這樣悲慘的命運。」他對菲德利可說。

「美好的工具，不是嗎？」菲德利可回應，調皮地握住胯間之物。「在那不勒斯，我即將長到那宿命的年紀之時，宿舍裡有個同學被去勢了。手術並不順利。理髮師沒能止住出血。當天晚上他就死了。我知道就快輪到自己了。於是我鑽進送洗修院布巾被單的推車，逃了出來。拉車的人同情我，沒拆穿我。他心想，把我賣給他的朋友，一個喜歡小男生的床單商人，他可以賺更多。於是整整兩年間，我當床單店的伙計，跟著主人去了一個又一個城市。是他教我初懂人事，把我打扮成女孩，指導我情愛藝術的種種祕密。感謝他，我成為羅馬最多人迷戀的男妓之一。」

「那你到布拉格來做什麼？」馬泰烏斯打斷他。這段敘述客觀露骨，給他一種奇怪的感受，厭惡與同情雜陳。

「三年前，我的守護人——他是一位王子，我不能說出他的姓名——把我帶到了波隆納。我在卡拉奇兄弟的畫坊待了幾個月，擔任模特兒兼助手。我學會了搗顏料。在那裡，我聽人提起哈布斯堡國王魯道夫二世的宮廷，以及他在宮中慷慨接待的許多藝術家。這些藝術家大人我都耳熟能詳。我知道，像我這樣一個漂亮的姑娘，無論用什麼方式，要在他們身邊找個工作，並非難事。我來到波希米亞已經兩年，在這客棧也快住滿兩個星期了。」

菲德利可露出年輕小野獸的亮牙笑了一下，一切盡在不言中。

「你就是這樣遇見史卜朗格勒的？」

男孩臉上的笑容凝結。

「我們前幾天才剛認識。這件事已經傳開了？」

馬泰烏斯決定把話挑明。

「史卜朗格勒告訴我們他必須跟一位叫菲德莉卡·康提尼的女子見面，但這個請求被回絕了。國王有令，在我們要找的凶手尚未露出真面目以前，誰都不可離開城堡。」

「前天，史卜朗格勒到這裡的時候，太陽已經下山了。他跟我說，他費了好大一番力氣才從國王為一個我不知道是誰的人所舉辦的宴會脫身。他身上帶著素描本。我擺的姿勢維持了一個多鐘頭，可能有兩個鐘頭。很累人，但我很高興。他為我畫的那些速寫美極了。而且他雖然外表粗獷，卻其實是個溫柔的男人。跟他在一起的時候，我可以忘掉那些好色的姦夫。那些猥瑣淫蕩的豬打心底輕賤我，同時又為他們自己對我所做的事感到羞恥。你該看看那些人，剛跟我纏綿完事，就匆忙從我的床趕回他們妻子的床……你知道，我讓他們付錢不是為了讓他們享樂。那是他們愧疚的代價。」

菲德利可精緻的唇型因悔怨而抿彎了一下。這個男孩談論自己及自己的人生時，說話的態度頗為奇怪。害羞保守的馬泰烏斯受到很大的衝擊。這些自白用如此平淡的語氣娓娓道來，聽起來更猙獰恐怖；馬泰烏斯感到不知所措。他的面前彷彿被挖出一片虛空，一個填滿了世界上所有醜陋與殘酷的無底洞。他霍然站起。

「謝謝你，菲德利可。你證實了我的想法：城堡裡那起案子，史卜朗格勒是清白的……我再耽擱並無濟於事。」

「你要去哪裡？」

這個問題令馬泰烏斯無言以對。

「我回城堡去。他們還在等我的報告。」

「城堡區路途遙遠。天色已晚，而且依我看來，你沒帶武器。」

「我等夜間巡邏隊。我會請他們護送。」

「巡邏隊已經來過了。」

「現在到底幾點鐘？」

「我回來的時候，聖尼古拉斯廣場剛響起兩點的鐘聲。」

馬泰烏斯這才猛然明白自己睡了比想像中久。直到現在他才意識到客棧餐廳已沒有任何聲響，整棟房子一片沉寂。菲德利可說的對。手無寸鐵，無人護送的情況下，沒有一個正常人會在這個時辰穿越這座城。

「你還有我的床可去。」這回輪到男身女孩站起來。

「我不愛男生。」

「真可惜。你的皮膚柔細，而且我覺得你很俊俏。不過你別怕。阿妮特卡就睡在隔壁房。我把我的床讓給你。至於我呢，我會鑽進她的被窩。」

「她是誰？」

「一個跟我同類的姑娘。」

菲德利可把自己緊緊裹在羊毛披肩裡，走到門邊，拉開門。正要出去時，他轉過身來。

「我跟你說了這麼多事，卻連你的名字都還不知道……」

「馬泰烏斯。」

「那麼，晚安了，馬泰烏斯。」

男孩對他露出了一抹溫柔得不可思議的微笑，馬泰烏斯覺得，在此之前，甚至把卡蒂亞算在內，從來沒有人對他這樣笑過。門板關上的同時引進一陣風，吹熄了蠟燭。

第九章

死神跳房子

「在說謊者口中，所有真相都可疑。」

——胡安．阿拉爾孔（Juan Ruiz de Alarcón），《可疑的真相》（La Vérité suspecte）

瀰漫整座城堡的有害氣氛似乎連動物都受到感染。魯道夫喜歡帶在身邊的一對俄國牧羊犬在宮中各房間漫無目的地遊走，無所事事，垂頭喪氣。就連牠們也被關在城堡門內。在國王的特別禁令之下，誰也不准出去。同樣地，誰也不准進來。供貨商把貨品交給站崗的哨兵。人們還以為又回到黑死病時期。已經十月了，然而，那天早晨，多變的天幕看來彷彿夏天。陣陣來自鄉村的芬芳從鋪著石板的遼闊庭院和城牆上的步道散發出來，直達門戶深鎖的幽居。如此暖和的天氣，再加上擔憂的心情，激怒了所有人的神經。

一大清早，現身在城門口時，馬泰烏斯花了好大一番力氣說服站崗衛兵讓他進去。他沒解釋他那張蓋了官印的通行許可是怎麼遺失的。想必是被哪個手腳敏捷的姑娘或某個小偷扒手在客棧摸走了？說不定它也可能就只是從上衣中掉了出來？總之神祕的男身女孩絕對沒有嫌疑，想起他，馬泰烏斯仍心神不寧。衛兵們依舊說什麼也不通融。

「我都已經告訴你們了：我是卡索夫隊長的侄子！」年輕人氣沖沖地喊道。

「那我們還是國王的小雞雞呢！」其中一名哨兵諷刺地開玩笑。「假如你不想當我們的箭靶的話，就快滾開！」

馬泰烏斯火冒三丈，不得不威脅他們要等到衛兵換班，並告訴他們，最後總會碰到一個能認出他的人。接著他對叔父做了一番詳盡的描述，總算讓他們的腦袋萌生一點疑心。倘若這年輕人說的是真的，把他擋在外面可比允許他進城可怕多了。他們終於讓步。

卡索夫對通行許可遺失之事很不高興。他必須盡快通知所有衛兵，並重新製作新的許可函。不過，侄兒的報告鉅細靡遺，他決定寬大為懷。年輕人帶回來的查證結果讓他能把焦點集中在最後幾名可疑嫌犯上。所以，那個可悲的江湖騙子弗里德希．哈爾斯與這場罪行無關。畫家也一樣。此外，必須請畫家跟他說明，當初是透過什麼管道，竟能溜出城堡。最後，美麗的姑娘竟變成男孩，這個插曲讓隊長微笑起來。史卜朗格勒的把戲藏得真好。而這可是很有價值的一件事。「雞姦」可是白拉敏指控喬丹諾．布魯諾的罪名之一。可別輕易忘記：歐洲許多王公貴族，以及教會中某些權高位重者，亦是此類「希臘式享樂」的信徒。沒有人妄想去責怪他們。在這個世界上，卡索夫心想，一切都講權力。至於地位低賤的人，他們……

此刻，使節廳內，壁爐裡的火已熄滅，窗戶大開；喬瑟夫．卡索夫接見約翰尼斯．克卜勒，馬泰烏斯擔任助手。隊長腦筋轉得快，事先請白拉敏主教到場參與。無論針對神職高官本人或關於安瑟默修士，既然一切疑慮皆已釐清，卡索夫認為紅衣主教的審訊才能或許會是一項珍貴的協助。宗教審訊官對克卜勒本已抱有敵意，加上他能言善道的辯才，應能把天文學者從封口保留的心態逼出來，假如他確實有所隱瞞的話。

「您無法否認我的看法：星象對您特別有利，克卜勒先生。」

白拉敏以一種近乎肉麻的溫柔語氣說出這些話，同時盯著年輕學者看，微微瞇起眼睛，算是在笑。

「星星沒有吉凶之分。它們與我們個人的命運沒有關係，主教大人。它們存在，僅此一點而已。」

「從一位編寫了大量占星報告的人口中說出，這話可真驚人。」

「占星術根本是天空中的阻街妓女，其存在只為讓天文學這位高貴的女主人繼續研究工作。沒有別的。我用撰寫占星報告來賺取維生及溫飽孩兒之所需。」

書記官手中的筆暫停了片刻，擔憂地朝卡索夫看了一眼。隊長示意他繼續把剛才所有的發言全部紀錄下來。

「無論如何，」主教接著說，「第谷．布拉赫之死是您能為自己的命運做出的最佳結論，不是嗎？」

「我的命運操在上帝的手中，不是我所能掌控。」

「我們別玩文字遊戲，好嗎？您即將被任命為皇室數學家，此後可隨心所欲地發展您的異端學說。即便為了更小的利益，都有人甘犯謀殺之罪。」

「甚至有人殺人只為圖個高興。我的姑奶奶活活被燒死，她村裡那些愚蠢封閉的鄉下人可稱心如意極了。」

「女巫之罪。」

「鬼扯！我的親生母親也遭到同樣的誣賴指控，深受其害。我花了這輩子中六年的光陰為她辯護。最後，符騰堡公爵親自還她清白。經過那些年的審判與監禁，她精疲力竭而死。大人們，我不屬於殺人犯一族。」

克卜勒的聲音顫抖，幾乎抑制不住憤怒。他用衣袖擦拭含著淚水的小眼睛，紅衣主教的指頭神經質地敲著單人軟墊椅的扶手。兩人之間緊繃到了極點。卡索夫認為他該介入調解一下。

「主教大人……克卜勒先生，我們有些離題了。」

他回到主教身邊坐下，於是也與天文學者面對面。

「您來到布拉赫大人門下才沒多久，兩人就爆發了爭吵。激烈的程度讓他身邊的人都還印象深刻。」

「第谷．布拉赫邀請我替他工作，開出高薪及一些誘人的好處吸引我。『為了我們兩人皆熱愛擁護的科學，我希望您來時享有完全的自由。』他在給我的信中是這麼寫的。事實上，他需要的是一名助手，根據他本人所蒐集的數據做出精密準確的計算。他知道我有能力從他的觀測中擷取出最有價值的部分。但是他未曾實踐任何一項諾言。那時，他住在貝納特基堡。有一天，我實在受不了了，離開他家出走。」

「借住在您的朋友梅斯特林教授[21]家，這件事我們都知道。」

「那麼你們也應該知道，是他居中調解，鼓勵我回到第谷身邊。」

「重逢之初一切順利，但幾天之後又開始爭執不休。」

克卜勒聳聳肩，疲倦地歎了一口氣。這場閒聊一點用也沒有，浪費他寶貴的時間。對於像他和布拉赫這樣的科學家之間所爭論的事，這兩名審訊者能懂什麼？白拉敏回過頭來發問。

「承認吧！他主張地球不動令您心生厭惡。坦白說出來吧！您是一名頑固的日心說論者，從這個角度來看，這位同行消失後，您自己的假設從此展開一條康莊大道。」

克卜勒花了點時間思考如何回應。他知道前路艱險，而且並不十分確定魯道夫是否能給他周全的保護。

「第谷．布拉赫對行星的運動做出了最精準的觀測。多虧這些資料，經過完美無瑕的計算後，我才能建立出本來人們以為是圓形的橢圓形軌道。至於其他的部分，在我的著作《宇宙的奧祕》（mysterium cosmographicum）中，我描述了行星的數量，各自與太陽之間的距離及運轉速度。透過這些知識，我為人類提供了一種清楚閱讀神的訊息的模式。關於這一點，第谷．布拉赫所持的意見與我完全相同。」

「那麼你們為了什麼爭執？」

「為了錢的問題，名聲地位的問題……公平性的問題，主教大人。沒錯，公平性。凡是從第谷研究室出品的一切，都只能用來光耀他一個人。前天的發表會上，他可曾提到我？一秒鐘也沒有！我的名字，我的成果，可曾在宴會上受到表揚？一次也沒有！這就是第谷．布拉赫的為人：一顆自私的太陽，所有的一切都該圍著他轉！」

年輕天文學者的面色轉為慘灰。他的句子說得斷斷續續，幾近結巴，不得不停頓下來喘口氣。此時，一聲沉重的悶響讓使節廳裡的四個人把目光轉往一扇對著中庭的窗。下一秒，一陣驚恐的尖叫響徹城堡。卡索夫立即撲到窗邊，一躍跨出窗臺。

21 梅斯特林（Michael Maestlin, 1550~1631），德國天文學家與數學家，克卜勒的導師。

起初他以為一動也不動地趴在地上的軀體是個小孩。但是很快地，他認出了那弱小的身形以及那身綴著彩帶的服飾：那不幸的人是吉普。他的腦殼撞碎在石板地上，露出部分腦漿。而剛才尖叫的人則是一名在中庭站崗的衛兵。

「他是從上面掉下來的。」他告訴卡索夫，一手指著四樓的窗戶。

那是僕人區。卡索夫抬頭仰望。屋頂下方有一扇小窗的窗扉隨風擺動。馬泰烏斯也來與叔父會合，驚駭地盯著血泊中的侏儒屍體。眼前所見與當初在魯道夫幽暗的圖書室中窺見的畫面差異太大。他不禁自問：究竟哪個場景比較不堪入目。

「馬泰烏斯，用你最快的速度上四樓去！那個樓層禁止任何人移動！我要趕去史卜朗格勒那裡。」

白拉敏和克卜勒也各自現身一扇窗口，驚愕地看著兩名僕役在卡索夫的叫喚下從中庭的另一端跑過來，收拾吉普的遺體。

「關於這場死亡，隊長大人，我是否也必須為自己提出解釋？」克卜勒尖酸地扔下這麼一句話，不等回答就離開。

僕人樓層上，一片寧靜。在一天中的這個時辰，人人都各自忙著城堡裡的大小差事。屋梁下蜿蜒的長廊上，馬泰烏斯誰也沒遇見。剛才急急忙忙地跑上樓梯，他一面調節呼吸，一面隨機打開幾扇門。這裡的房間僅比牢房稍大一點，裡面都空無一人。僕役只顧忙著清空主子們的夜壺，多多少少忘記要倒掉他們自己的。這座迷宮只靠幾扇眼洞窗照亮，對馬泰烏斯來說，要確知自己的位置，準確地計算出吉普是從哪扇窗戶墜落的，並不容易。他突然瞥見，在一連串的門當中，僅有一扇只掩上一半；他輕輕一推，眼前的門立即開啟。

那個房間與隔壁的幾間並沒有多大差別：同樣簡陋的床，鋪著寒酸的床單；同樣的小桌子上擺著基本的盥洗用具。然而，吉普的小房間卻悉心維持得整齊乾淨。地磚才剛掃過，空氣中沒有一絲噁心的臭味。侏儒還在他的草褥床頭加釘了一個製工頗為精美的木箱，用來收藏他的珍貴物品。馬泰烏斯注意到沉重的鎖頭未遭破壞。如果這是一樁犯罪，犯人的動機應當不是偷竊。除非凶手沒能來得及達成他的意圖……他用手腕的力量把自己撐高，將上半身伸進眼洞小圓窗，向下探看中庭。即使他不懼高，仍起了一身雞皮疙瘩。下方約十二公尺處，僕役們正在搬運用馬褥毯裹起的吉普屍體。他看見叔父蹲下撿起了什麼東西收進口袋裡。想必是侏儒墜落時掉下的某件物品。然後，卡索夫加快了腳步，急忙追上運屍的兩名僕役。他們在馬廄附近走出他的視線，而那兩隻俄國牧羊犬趁著門開，衝入中庭，在血泊旁打起架來，貪婪地舔著血漬。馬泰烏斯一陣反胃，別開頭，隨即振作精神。他的任務不應受到情緒影響。

眼洞窗的窗臺頗高，為了探頭出去，他必須踮起腳尖，緊緊攀住磚頭疊起的窗拱。他腦中閃過一個念頭：要爬到窗口並往外跳，侏儒該得耗費多麼超乎尋常的力氣！在這種情況下，自殺的可能性顯得不合常理。顯然，吉普是被某個身材高大且肌肉頗有力的人扔出窗外。

馬泰烏斯計算了一下：他頂多花了三分鐘就爬到僕人樓層。然而凶手的動作比他更快，早已不見人影。他很可能是從走廊另一端的貨梯逃逸。馬泰烏斯現在百分之百確信：這是第二起謀殺案。這次的案子與第一次的是否有關？會不會是因為吉普可以指認殺害主人的凶手，所以引來滅口殺機？年輕人的腦中激盪著這些問題，同時判斷滯留在此一點好處也沒有。他等不及想跟叔父分享這些觀察。他正想離開房間，一陣低沉的嗚咽引他伸長了耳朵。聽起來像是隔壁有人在哭。一段短暫的靜默後，嗚咽的聲音再度響起，比前一次更長，更哀怨。難以判定是個女人還是小孩。馬泰烏斯走到廊道上，湊近隔壁房間的門。嗚咽聲停止。他把耳朵貼在木板門上，然後彎起食指，用指背輕輕扣門。那個聲音立刻又哀歎起來。這一次，男孩毫不猶豫地拉起小插栓。門開了，一團毛茸茸的東西跳上馬泰烏斯的腿上。是蹦蹦，多徹斯特女爵的小狗。小動物重獲自由，高興得不得了，狂舔馬泰烏斯的手。他用眼睛檢查空無一人的房間，一面試圖讓狗狗安靜下來：

「嘿！喂！輕一點……你能不能告訴我你在這裡做什麼，嗯？小狗狗？怎麼沒跟你的女主人在一起？」

這些話立刻點醒了蹦蹦腦袋裡的某件事，牠突然豎起耳朵，飛箭一般地衝向貨梯。馬泰烏斯跟在牠後面狂奔，完全沒想到這麼一來反而讓凶手正中下懷。

喬瑟夫．卡索夫連門也沒敲就走進史卜朗格勒的畫室，被到處擺放得亂七八糟的畫嚇了一跳：有的已經完成，有的還在創造中。工作坊中央有三口空空的大木箱，等著主人填滿。每一口箱子都配備有拉門的木盒，用來分隔一幅幅畫框。卡索夫立刻想到史卜朗格勒正準備離開城堡。想必他難以決定該帶哪些作品，留下哪些畫。禁衛隊長趁著畫家不在，看看他的每一幅作品。這個男人的形象和他的畫給人的印象落差極大，令隊長驚訝好奇。卡索夫還記得那雙幾乎和烤麵包的鏟子一樣大的手。從這樣一對巨掌中竟能誕生洋溢唯美風格的畫作，過分不自然，宛如直接出自某個精靈的巧手，這是怎麼辦到的？他風景畫中的樹木彷彿被一陣看不見的風吹彎，有如炊煙裊繞；人物畫裡的人體態纖細，彷彿在水中悠游，髮絲飄散如海葵。很奇怪地，一旦遠離了畫筆，畫家就失去所有優雅，粗厚的手指變得呆笨，舉止和步伐笨拙，像一隻陷入泥淖的老牛那樣沉重。卡索夫心想，優雅與笨重好比美德與罪行。所有的一切都可能等量分布在同一個人身上。他隨手拿起一本扔在桌上的速寫本。一頁頁翻開，畫的都是同一個人物，用俐落的鉛筆筆觸呈現他的千姿百態，一會兒是清秀可人的年輕姑娘，一會兒是帥氣耀眼的俊美小伙子。卡索夫立即領悟他手中拿的是菲德莉卡─菲德利可的速寫畫像，正如馬泰烏斯先前的描述。他忍不住微笑。這時，史卜朗格勒走進畫室，卡索夫闔上畫冊，藏在背後。發現禁衛隊長在他的畫室內，愛爾蘭壯漢呆立在原地。

「您在這裡做什麼？」他惱怒叱喝。

「我在等您。」

「我出去解決緊急需求。這些事件害我的腸子絞得天翻地覆。」

「細節就不勞您說了，史卜朗格勒先生。還是跟我聊聊您的計畫吧！你是否打算離開城堡？」他用空出的那隻手指著那些空箱子。

史卜朗格勒遲疑了一會兒。

「我……我在整理我的作品。這裡的空間不夠用了。」

「我了解。尤其如果您還企圖讓您的新模特兒在這裡住下。」卡索夫拿出速寫畫冊。

「恭喜您，這位康提尼小姐真是位俊俏的男子！」

史卜朗格勒臉色發白，目光從畫冊轉移到卡索夫身上。

「您已經知道了？」

「我希望知道的是您和侏儒吉普之間的關係。有好幾個人作證，說最近常看見您和他在一起。」

史卜朗格勒不知該採取什麼態度才好。他覺得自己靈魂深處的祕密完全被戳破，面對卡索夫，他毫無招架之力。就像所有直覺衝動的人，他十分不善言辭。與其撒一大堆糾纏不清的謊作繭自縛，他寧願實話實說。以現在的進展來看，他沒有什麼好損失的。

「隊長，事情不是您所以為的那樣。」

「我什麼都沒以為，史卜朗格勒。我只是試著在一團迷霧中看清楚。如果您能幫我把這項任務變得簡單些，我會很感謝您的。」

畫家邁開腳步，走向一個畫架，架上還端放著那幅以丹麥皇室夫婦為背景的第谷・布拉赫肖像畫。還有幾個部分要修改，然後漆上亮釉。他注視著自己這幅畫作，開始訴說：

「我知道您在調查布拉赫大人之死。對吉普來說，他的逝去是一場災難。他深信自己在城堡的日子不多了。我與他的處境相同，原因與一幅畫有關，解釋起來太耗時間。吉普來找我，提議兩人一起前往義大利。他有一筆積蓄。至於我，我也不是個窮光蛋。我考慮了他的提議。反正，義大利這個主意也不錯……正如您所見，我正在準備行李。一旦有出城堡的可能，我們就出發。我也希望能帶康提尼一起走。那個男孩值得擁有不一樣的命運……」

聽史卜朗格勒那看開了一切都語氣，卡索夫明白他絕對誠心真意。

「吉普死了。」隊長直視畫家的眼睛，鬆口告訴他。

「什麼?!」

壯漢的臉上明顯寫著驚恐與痛苦。他似乎深受這個消息打擊。卡索夫繼續說：

「有人從他的房間把他拋出了窗外，這是不到一個鐘頭前的事。您有沒有什麼想法，是否有誰可能怨恨到想殺了他？」

「除了布拉赫大人以外，這座城堡裡的每個人都討厭他。他粗魯無禮，自以為是，好色猥瑣……這些行為很難討人同情。但嚴重到要殺他的地步……」

「您自己呢？」

「我不喜歡他，但我理解他。吉普是一頭怪物。我也算是，屬於另一類。您可知道生來與他人不同的痛苦，隊長？您是否能想像必須遮掩自己是什麼感覺？吉普什麼也遮掩不了。我原諒他的造次。」

卡索夫早已放棄對人心及藏在其中簡直詭異至極的想法抱持任何偏見。在他眼中，只有事實可靠。他猝不及防地問了最後一個問題：

「您最後一次看到他是什麼時候？」

「今天早上，不到一個鐘頭以前。他到畫室來，我們一起討論前往義大利的計畫。我現在彷彿還看見他像隻蒼蠅似地在我身邊團團轉。當時我坐在畫架前，我必須盡快完成這幅畫。布拉赫大人本打算把它獻給國王。他付了我一筆好價錢。奇怪了……」

「奇怪什麼？」

「當時吉普正在跟我解釋一件事，我只聽了一半。他突然停頓不再說話，湊近畫作，幾乎連鼻子都黏在上面。他說我畫錯了丹麥國王，然後就一言不發地跑走了，像是突然有什麼緊急的事要辦。在那之後，我就沒再見到他了。」

「您認為，您的畫與他逃跑這件事之間有沒有關連？」

史卜朗格勒忍不住好笑。

「我也許不是個天才，但我的畫從來沒把人嚇跑過。」

卡索夫湊近畫布，全神貫注地檢視，彷彿想把所有細節印在腦海中，將整個畫面刻在記憶最深處。過了一會兒，他離開畫作，把速寫本隨意放在桌面角落。

「感謝您的合作，史卜朗格勒大人。一旦城門能夠再度開啟，我會派人通知您的。關於這一點，我還有最後一個問題想問您：案發當晚，您怎麼能避開耳目，溜出城堡又回來，卻沒被任何人看見？」

史卜朗格勒歎了一口氣。

「都是多虧了吉普。他把這個機密賣給我了。他幾乎曉得所有祕道。其中有一條地下暗道，從馬廄出發，最後會通到黃金巷的一間小屋。」

「您是從一間禁衛隊員的屋子出去的？」

「我想，那天晚上，所有禁衛隊員都聽從您的命令去站崗了。祕道暢通無阻。就連那間屋子的主人也不知道祕道的存在。」

「感謝您的說明，史卜朗格勒大人。如果我們沒有機會再見，我在此祝您義大利之行一切順利。」

卡索夫加快腳步朝門口走，卻聽見史卜朗格勒叫喚：

「隊長！……」

卡索夫回頭，畫家一臉不安的表情。

「我……關於菲德利卡．康提尼那個男孩，我……」

「我完全不知道您想說什麼，史卜朗格勒大人。」

馬泰烏斯心想，蹦蹦這隻小狗在被公爵夫人收養之前，應該是隻街頭賣藝狗。或者有賣藝小狗的直系血統。他一開始跟著牠跑，小狗馬上就忘了去找女主人的計畫，玩起四處狂奔的遊戲。這場把馬泰烏斯拖下水一起玩的城堡迷宮捉迷藏似乎讓牠雀躍不已。牠像一顆炮彈似地衝下樓梯，時常突然來個九十度大轉彎，完全不把平衡法則當一回事。馬泰烏斯的厚重軍靴礙事，必須十分小心，以防在像結冰了似的光溜大理石地板上滑倒。有好幾次，他不得不抓住一個門把或千鈞一髮之際在雕像前緊急剎車。蹦蹦簡直像被上緊了發條。來到大廊廳時，在中央樓梯的出口，牠逃脫了馬泰烏斯的追趕，年輕衛兵差點跟告別了史卜朗格勒的叔父撞個滿懷。卡索夫和一名過來找他說話的僕役正好擋在路上。馬泰烏斯摔了個大跟頭。

「我得提醒你，我們另外有一間訓練廳，孩子。」卡索夫說，拍拍侄兒的肩。

「那隻可惡的狗剛才在吉普的隔壁房間裡。」

「說實話，我不敢相信是牠幹下這件案子。剛好，我們的隊友拉迪斯拉斯正好過來跟我報告一件讓人大長見識的事，與吉普和多徹斯特女爵有關……」

馬泰烏斯認出來了：那個叫拉迪斯拉斯的就是那個沒盡責監視國王寢殿的守衛——滿面紅光、兔唇和一口倒得亂七八糟的暴牙，講出來的話堪稱世上最難懂：

「狗爵湖人，偶看見她帶小狗跟豬魯一起粗來。藍後夠了幾昏鐘，果王也粗來了。那時，偶心想這沒什麼大不了……但現在奇普死了，素情就不一樣了！」

說話的同時，那個可憐的傢伙兩手拚命畫圈，想必他以為這樣有助於解開他模糊不清又纏成一團的敘述。

「你說多徹斯特公爵夫人和吉普一起在國王寢殿的側廳裡？」卡索夫追問，不敢確定是否真的聽懂他的話。

「偶不基道他們基前在哪裡，但偶看見他們從那裡粗來……偶奇得狗爵湖人看起來一點也不高興！」

卡索夫轉頭對馬泰烏斯投以質問的目光。年輕人突然渾身感到不自在。他完全忘了向叔父報告這件事。

「是……是真的。進入圖書室時，我撞見吉普和多徹斯特女爵正做著一種……叫人難為情的姿勢！我幾乎立刻就回頭出來，故意製造聲響宣告我來了，讓他們有時間警醒。但是當我再次走進去時，他們已經不在圖書室裡了……」

「就素醬！」拉迪斯拉斯插話：「他們不在那裡，藍後他們又從那裡粗來！」

卡索夫的臉紅得發紫；很顯然地，剛才才得知的消息讓他瞬間暴怒。他瞪著馬泰烏斯的眼睛：

「這麼重要的事，你怎麼會瞞著我?!」

「我……我不知道。」男孩慘兮兮地認錯。「一時之間發生了這麼多事……我只惦記著剛發生的案子，真的很抱歉。」

這時候，蹦蹦發現沒人追牠，於是停止奔跑，回到馬泰烏斯腳邊，探問玩伴的意圖。這則插曲剛好給馬泰烏斯一個下臺階。卡索夫迅速出手，一把抓起小狗，挾在腋下。

「我們去把這個畜生還給牠的女主人，同時把這件事搞清楚。」

然後，他回頭對僕役說：「您可以退下了，拉迪斯拉斯。謝謝您的合作。」

「魯狗您蘇要偶，千萬別客氣。跟您縮話素偶的隆幸，隊長。」

「聽您講話永遠是件高興的事，拉迪斯拉斯。」卡索夫咧嘴露出大大的微笑。

馬泰烏斯差點噗嗤笑出聲。

第十章 鬥嘴

「巨大的不和諧顫動龍捲風，協議破壞昂起天空之首，鮮血中的血盆大口，塗了奶與蜜的臉孔將在地面泅泳。」

——諾斯特拉達姆斯，《預言書》

卡索夫隊長拍打多徹斯特夫婦的門。正如他所預料，前來開門的是公爵夫人。小狗蹦蹦立即掙脫卡索夫的臂膀，一下子跳到床鋪上。

「隊長大人……」

「公爵夫人……」

老公爵的聲音從房間裡面傳來，打斷了卡索夫的話。

「是誰？他們還要我們怎麼樣？」

「公爵大人，」卡索夫回應，「西班牙廳正在供應點心。他們期待您大駕光臨。」

「啊！很好，非常好！我立刻下樓去。」

拿了件斗篷往削瘦的肩膀一披，多徹斯特公爵急急忙忙地離開房間。瑪格麗特女爵才做勢要跟上，就被卡索夫制止。

「我想您並沒有那麼餓……」

公爵夫人明白這不是一個問句。

「您先去吧，親愛的，」她對丈夫說：「我等一下再去跟您會合。」

公爵早已深入通往宴會廳的樓梯。卡索夫進一步踏入房間，並帶上門關好。

「我有幾個問題想請教，夫人。我們都希望這件事愈低調愈好，不是嗎？」

「我沒做什麼不能見人的事，隊長，而且我……」

「要我相信您這句話實在不容易，女爵夫人。」卡索夫打斷她：「那麼我們就把話攤開來說吧！看是要我正式傳喚您到使節廳把您的回答用紙筆紀錄下來，而且我保證，在知道所有事情以前，絕不放您走；還是您就別再拐彎抹角，誠實地告訴我您為了什麼任務來到這裡。」

「什麼呀……和大家一樣，是應魯道夫二世之邀……」

「少來這一套，夫人。我詢問過財務官繆勒史坦，您不在第一批受邀名單上，而且我知道您再三要求參加這場為第谷．布拉赫舉辦的晚宴。在此之前，沒有人有印象您對天文學感興趣。」

「是啊，想不到吧！隊長，星星的運行一直是我非常熱中之愛好。」

多徹斯特公爵夫人說這話的時候，嘴角揚起一絲挑釁的微笑，但卡索夫不為所動，撫摸起鬍鬚。

「可憐的吉普，」他低聲說，直視談話對手。「多麼恐怖的死法！」

「吉普？他發生了什麼事？」

「您是這座城堡裡唯一一個不知道他被謀殺的人。」

「噢！我的天！」

一聽見侏儒的名字，公爵夫人已經明白卡索夫掌握到了可貴且可怕的線索。她假裝身體不舒服，打開一把扇子，歎了一口氣，跌躺在床上，擺出柔弱無力的姿態，一副任憑卡索夫滿足慾望的模樣。隊長朝華蓋床走近，那一瞬間，瑪格麗特女爵以為在這場逐漸不利於她的審問中重新取回了優勢。讓她大吃一驚的是，卡索夫拿起放在櫃子上的銀水壺，把裡面的水全潑在她臉上。她尖叫一聲，立刻坐起，憤怒不已。

「您覺得好些了嗎？」

「我會讓您付出代價的，卡索夫隊長！難道您腦袋不清楚了，竟然忘記我是誰而您又是什麼東西？」

「萬分抱歉，親愛的女爵，我以為您昏過去了。現在，讓我們繼續剛才的對談吧！在國王的寢殿跟吉普私通，您是否覺得格外刺激？」

這問題來得如此冒昧、凶猛，公爵夫人感到一陣胃酸湧上，彷彿被人一拳重擊胃部。

「這樣駭人聽聞的醜事？您聽誰說的？」

「兩位完全值得信任的證人。您要我傳喚他們過來嗎？」

公爵夫人搖頭否決了這項提議，同時等於承認她輸了這一局。卡索夫不是那種能色誘、賄賂或恐嚇的男人。

「吉普在國王的書房裡當場逮到我。」

「您在那裡做什麼？」

「我的任務。伊莉莎白女王託付給我的工作。」

「間諜的工作，是嗎？」

「女王寫的信，魯道夫都沒有回。她想知道他是否準備支持荷蘭的新教徒。然而，我們知道國王同時也受到救贖大業的擁護者煽動，紅衣主教白拉敏出席宴會即是證明。」

「您是否企圖偷聽到某些祕密，或者，不擇手段地為了伊莉莎白女王的利益，去親近陛下？」

「至少達成其中一樣，若兩樣都能到手最理想。」

卡索夫遞給她一塊乾淨的布，好讓她擦擦臉。瑪格麗特女爵毫不矜持地解釦，低胸上衣有些過分敞開。卡索夫不動如山。

「所以，您有足夠合理的動機殺害吉普。」

「他獸慾得逞，又拿了我的錢，而我自己的東西卻拿不回來。我對這座城堡不熟，身體也不夠強壯，沒辦法跟他抵抗。那個侏儒雖然畸形不全，力氣卻大如魔鬼。您還沒告訴我他是怎麼被殺害的……」

「從窗戶扔出來，從他位於四樓的房間。」

卡索夫朝小狗看了一眼，牠正忙著啃咬一張單人扶手椅的椅腳。

「而如果我告訴您，我們在吉普的隔壁房間找到了您的小狗……」

「真是垃圾！」公爵夫人怒吼。

「您在說蹦蹦？」卡索夫訝異地問。

「我說的是想利用我無辜的小狗栽贓我的那個垃圾！」

卡索夫不得不承認這個說法可信。他無法想像多徹斯特女爵把吉普從高樓拋下的畫面。公爵夫人感到壓迫逐漸放鬆，於是繼續：

「至於第谷．布拉赫，我並不認識他。我討厭科學家，一直覺得他們無聊透頂。而他在國王身邊的職務，對我來說，並沒有什麼用處。再說，我從來沒有去過城堡的地下廊道，根據人家告訴我的，您是在那個地方發現他陷入昏迷。」

她把用過的布巾丟到單人沙發上。卡索夫正想再提另一個問題，卻聽見有人猛力拍打房間門。洛文希爾姆大使的聲音響遍整條走廊。

「卡索夫！您在裡面嗎？」

「幫他開門吧！」公爵夫人提議：「他似乎很生氣。」

隊長大開房門。洛文希爾姆站在他面前，表情堅定，神情緊繃。卡索夫注意到他換上了一身旅裝：馬靴，厚短衣以及皮外套。

「我看您是準備要離開了，大使先生……」

「隊長，繼續再把我們關在這座城堡更久，實在不可理喻！我有重大要事非處理不可，而那些事情需要我立刻趕回丹麥。我不能再延遲出發。」

「那都是陛下的命令，他……」

「別把我當笨蛋，卡索夫隊長！把我們全部關在這裡，這個主意根本是您灌輸到他腦子裡的！」

外交家的視線越過隊長肩頭，瞥見瑪格麗特女爵正對他拋媚眼打招呼。

「抱歉，公爵夫人，請原諒我冒昧打擾……但您自己難道不認為這無聊的玩笑已經開夠了嗎？」

「我什麼都不敢再想了，洛文希爾姆大人。我敢說徘徊在布拉格的凶氣也會把人家對我的評價熏得烏煙瘴氣。」

卡索夫不讓洛文希爾姆隨意繼續交談：他把大使往外推到走廊上，出去後將門帶上。

「大使大人，被您形容成玩笑的這件事，不是別的，可是兩起不折不扣的謀殺案，其中一起的犯罪對象是一位第一等的大學者。這場在布拉格宮廷裡犯下的謀殺天理難容，需要查明理由。國王陛下亦覺得受到了威脅。這就是為什麼，在指出那個凶手的身分之前，任何人想離開這裡都免談！」

「您為什麼用單數來稱呼凶手？這兩起死亡很有可能是巧合。我與白拉敏主教簡短地聊了一下，我們兩人都認為克卜勒與他主人之死脫離不了關係。至於侏儒吉普，所有人都討厭他！」

「我不相信是巧合，洛文希爾姆先生。吉普是第谷・布拉赫的親信，兩人的死必有關聯。不過請您別擔心，將您的不快轉為耐心：我的調查已有長足的進展。」

丹麥大使猶疑了片刻，怒氣似乎稍微消停。

「調查到了什麼地步？您有什麼發現？」

「現在告訴您還太早。」

洛文希爾姆咬緊嘴唇，再次爆發：

「啊哈！我懂了！您根本什麼也不知道，什麼也沒發現，而且膽敢把我們當成人質，掩飾您的漫不經心！我會把您從這裡趕出去的，卡索夫，而且我會讓您臭名遠播，整個歐洲再也沒有一支軍隊會想雇用您！」

卡索夫面無表情，只淡淡回應：

「又多了一個解決這場調查的理由：否則此案將是我的天鵝輓歌。」

大使握緊拳頭，從鬍鬚下低吼了一聲，一道狠毒的目光射向禁衛隊長，接著原地向後轉，一言不發地離去。等他消失在走廊盡頭開啟的那個房間裡，卡索夫重回多徹斯特夫婦的房間。公爵夫人正在鏡子前重新梳妝。

「您想對我做什麼，隊長？」她對著鏡中的卡索夫問。

「什麼也不做，夫人……只是要通知皇上，有人看見您在他寢殿的側廳徘徊。」

「去找一個您喜歡的人，而他也知道您喜歡他，敲他的房門，難道這也是犯罪？」

「但是您並沒有敲門。」

「那個可惡的侏儒突然出現，害我來不及。」

「而且，我猜，他也害您來不及完成間諜任務？」

「不。」公爵夫人厚顏無恥地撒謊。「不過，如果您以為我持有偷來的文件，您大可搜我的身。」她補上這麼一句，一面動手解開上衣。

對於她這套把戲，卡索夫實在招架不住。他做了個拒絕的手勢。

「不需如此，女爵夫人。但若您能告訴我這塊破布讓您想到了什麼，我倒是會非常感謝您。」

他從口袋中拿出先前在吉普屍體旁邊撿起的物件，伸到公爵夫人面前。她眼睛發亮，以行家的目光鑑定那塊金線精繡的方布。

「珍品，隊長，少見的精緻作工……」她嬌滴滴地說。

「您能否告訴我它來自何處？」

「像您這樣的軍人大老粗，不懂精品倒是很正常。您所說的破布可是某位紳士背心口袋的錦緞翻褶部分呢！」

卡索夫吞下那些惡毒諷刺，不動聲色。他大步邁向一個大行李箱，上面標記著多徹斯特公爵的家徽；隊長邊走邊發話：

「既然那是一件屬於紳士私人物品，請容我檢查看看多赫斯特公爵的衣物中是否少了這一項……」

不等回答，他便打開行李箱，動手在公爵的衣物中亂翻，一件件散落在地板上，無視瑪格麗特女爵憤怒的目光。但他什麼也沒找著，站起身，嘴角掛著微笑。

「您滿意了嗎？隊長大人？」公爵夫人用酸溜溜的暗諷語氣問。

「每次能證明一個人的清白，我都非常滿意。」

說完這句話，他簡單地點了個頭致意，便離開了房間。

隊長一關上門，多徹斯特公爵夫人的臉上就露出了個看笑話的表情：卡索夫想跟魯道夫二世怎麼說就隨他去吧！在藏畫室中那場親密接觸之後，她不信國王會對她多麼嚴厲。

「但願魔鬼把這個蛇蠍女給抓走！」卡索夫單獨在走廊上，立刻怒罵起來。她一定在貼身的內衫襯裙裡藏了什麼密函。但隊長不會魯莽到去脫她的衣服。卡索夫曉得國王的側廳裡有這麼一份故意遺忘的文件。檔案夾裡的所有信件都是假的，巧妙地捏造，讓間諜和他們的主人誤入歧途。這是國王的狡猾措施，用來模糊他的外交政策。

造訪多徹斯特夫婦的成果，卡索夫還算滿意，他決定經過內院中庭，利用這個機會再次檢查可憐的吉普最終墜落之處，現在那個地方明顯有一塊較深的痕跡。他無意識地抬眼望向僕人樓層，目光卻被教堂的樓塔吸引。陽光透過彩繪花窗照射下來。卡索夫一直非常著迷玻璃師傅的工藝，還有他們把玩光線、顏色和形狀的天賦才華。他朝大門前進，門楣上裝飾著一尊十字架上的耶穌，左右是另兩名竊賊死囚。上帝之子的表情奇怪。他還記得，先前某次，在推開門的時候，麥耶曾明確地向他解釋：哥德式教堂的尖拱形狀是女性性器官的象徵。順帶一提，當他走入雄偉的拱頂下，迎接他的是一個女性的聲音。拜德貝克伯爵夫人在聲樂大師希佐利的伴奏下，解讀傑蘇阿爾多的新譜。她的歌聲極為純淨，在石拱下迴響共鳴，在經過黃金雕像和精雕細琢的講壇後，彷彿更加豐沛，宛如一首祈禱詩歌，竄向天際。卡索夫任才華洋溢的女歌手和優美的曲調帶他遨遊徜徉了一會兒。他並不認為有必要審訊美麗的艾麗卡：第一起謀殺發生當晚，直到被魯道夫二世抱入懷中之前，她根本沒有離開音樂沙龍，也完全沒有空去毒害第谷．布拉赫，甚或只是讓他落單。兩位音樂家中斷演唱，重練一個段落。隊長悄悄退下離開。

再回到使節廳時，卡索夫遇見侄兒馬泰烏斯。

「啊！親愛的叔父！我到處找您，已經找了半個鐘頭了！國王陛下要見您。」

「你知道他為什麼想見我嗎？」

「一點也不。他的心情似乎很糟。」

「他有心情好的時候嗎？去使節廳等我，我待會兒過去找你。」

卡索夫揮別年輕人，走上通往國王寢殿的大樓梯。魯道夫在他的書房裡踱步繞圈。一瓶幾乎見底的葡萄酒和一只大水晶杯擺在他身旁一張細木鑲嵌的小桌子上。國王一看見卡索夫就急忙迎上前來。

「怎麼樣？」

「我們已有進展，陛下，還剩下幾個疑點，嫌犯名單範圍已大幅縮小。您的每一位貴賓接受邀請前來，似乎各自都為了尋找某種非常獨特的事物，而且跟天文學並沒有絕對的關係！」

魯道夫飽受精神折磨，跌坐在一張沙發椅上，椅子的布毯扶手裝飾著一頭獨角獸。他抓起酒杯，一口氣喝完。

「速戰速決，隊長，結束這場調查。我再也受不了這種猜疑的氣氛，我的城堡被弄得烏煙瘴氣。我開始擔心我自己的生命安危。我覺得再怎麼厚的牆也無力保護我們不受那個面目不明的殺人犯威脅。」

「那個男人，陛下，這麼說是因為我愈來愈相信那是一個男人，他的面目，我們不久後就能拆穿。」

「我的睡眠只剩下一場接一場的惡夢，卡索夫。」國王似乎根本沒把禁衛隊長的話聽進去。「我看見即將溺斃我的黑濁惡水，一切皆有顏色，皆是灰燼的滋味，而且我感到有個生靈就在背後。但當我轉過身去，半個人也沒有。要不然就只有一隻滴水獸，擠眉弄眼地嘲笑著我。」

他突然站起身，緊緊抓住卡索夫的胳臂：

「速戰速決，」他再度強調，「使出一切手段，終止這些謀殺，逮捕凶手，逮捕他的同謀，必要的話，連死神一起逮捕吧！」

書記官抄錄使節廳裡的一場場審訊過程，精疲力盡，外出去休息，丟下馬泰烏斯一個人倚著壁爐而坐。暖流讓他昏沉，他逐漸抵擋不住睡意，進入一場斷斷續續的睡眠，做著難受不舒服的夢。在那些夢中，各種凶惡的生物追著他，沿著永無止境的青綠色長廊狂奔；而他橫抱著一個女人，長得像卡蒂亞，身上漸漸被鮮血覆蓋。其中一頭難以形容的怪物伸出一隻濕黏的手掌抓住他的胳臂，馬泰烏斯驚醒，嚇得大吼大叫。

「哎呀，我的侄兒，你太緊張了！」卡索夫抽回手，對他喊道。

「噢！抱歉……我睡著了。」

「睡著是應該的。這兩天來，藏在城牆內的凶手沒讓我們有太多時間喘口氣！」

卡索夫自己也在書記官的書桌前坐下，無意識地翻閱幾張紀錄。馬泰烏斯站起身，伸著懶腰打了個哈欠。

「所以，叔父……您已經辨認出凶手的身分了嗎？」

「跟我一起想想，馬泰烏斯。首先，如果你沒意見的話，讓我們從天文學家的謀殺案開始思考。從參加為他所舉辦的晚宴賓客名單來看，首先可以去除嫌疑的是白拉敏主教。第谷・布拉赫之死讓他失去了最有力的辯護者，無人替他捍衛一種對教會來說太方便的天文學說。同樣的，他的小助手，安瑟默修士，當時正被抱著……」

卡索夫連忙打住。他絕不能讓馬泰烏斯知道真相：輕浮的卡蒂亞隨便獻身給任何一個她看上的人。

「被誰抱著？」年輕衛兵詢問。

「一個廚房助手，他抵擋不了粗呢長裙的魅力……肉體是軟弱的！」

馬泰烏斯淡淡一笑，又問：

「克卜勒有沒有可能殺害老師，僭越他的地位？」

「不。他們之間的關係複雜，但對彼此有一份真誠的敬重。要是沒有第谷・布拉赫的觀察數據，克卜勒永遠也無法推演出他那些計算。」

「同樣的，蘇菲亞也不可能殺害她的兄長。她顯然對他持有一份強烈的關愛。」

「完全正確。我還認為財務官繆勒史坦也不在考慮之內。他討厭第谷與其隨從，但我看不出他為何要等一次正式晚宴才下手，殺害吉普和第谷。」

「或許為了混淆線索？」

「就算是這樣好了，那我們就先不管一切，仍當他有嫌疑。艾麗卡伯爵夫人，至於她，基於她的行程時段來看，她是清白的。」

「那麼，她的聲樂老師希佐利呢？」馬泰烏斯問。

「他並未離開音樂沙龍，因為他還籌組了管絃樂隊。至於麥耶，他與第谷十分友好，與他分享對煉金術的熱情。」

「說不定他已經找到智者之石，想占為己有？」

「根據我對煉金之道與追隨此道者的了解，這種思想不符合他們的性靈修煉。我們繼續……畫家史卜朗格勒永遠不可能冒著失去魯道夫二世賜予他的一切優惠之危險，在城牆之內犯下任何罪行。所以只剩……」

「多徹斯特公爵夫人，她的老丈夫，以及洛文希爾姆大使！」年輕侄兒急躁地打斷他的推敲。

「你忘了還有漢娜．朗德。她特地到丹麥來為弟弟報仇，把弟弟的死算在第谷．布拉赫頭上。她信誓旦旦地告訴我，她與這件謀殺案無關，但她多麼希望能親自犯下這項罪；可是說不定她是騙我的。至於多赫斯特公爵夫人，當時她正在國王的寢殿竊讀機密檔案。」

「要是她那個老丈夫在裝傻呢？假如在跟牌搭子們會合之前他先偷偷溜到地下廊道去了呢？」

卡索夫拿出菸斗，刮除黏在上面的菸灰，填進新的菸絲。他露出了個不願置信的表情。

「假如像你說的，他在演戲裝傻，那麼他可是我這輩子所見過的最偉大的演員！不過姑且把他保留在可疑名單上吧！最後要加入這份清單裡的，只剩洛文希爾姆大使。」

「但有什麼理由懷疑他？」

「確實如此，馬泰烏斯。我們知道第谷是怎麼死的，可是不確定凶手的身分，尤其是，我們沒有掌握到任何合理成立的犯罪動機，只有漢娜．朗德的部分例外。」

馬泰烏斯捨棄已經冷掉的咖啡，喝下一大杯啤酒。這場命案同時奪去了他心愛的卡蒂亞，他熱烈積極地投入，亟欲向叔父展現他的辦事效率。

「答案也許藏在天文學家的過去。事實上，我們不太了解他住進布拉格宮中以前的人生。」

「你又得了一分，馬泰烏斯。這場無從解釋的恐怖死亡想必源自於第谷．布拉赫某一幕晦暗的人生場景，因為，自從來到布拉格後，在星星與占星學之間，他沒得罪任何人。來吧，我們必須重新審問他的妹妹蘇菲亞，只有她能為我們解開謎團，告訴我們第谷．布拉赫是否背負著什麼可能的祕密或沉重的過錯，因而惹來如此殘暴的殺身之禍。」

把菸袋放回口袋的時候，卡索夫的手指摸到那一小方錦緞。他拿出來給馬泰烏斯看。

「還有一件事……這塊布很可能來自殺害吉普之人身上所穿的衣服。你看了之後有沒有想到什麼人？」

馬泰烏斯檢視吉普在墜樓喪命之前扯下的殘破布塊。

「這塊布料很高級，但我實在沒有能力想起這會是來自哪件禮服。即使我對這個顏色隱約有模糊的印象……」

「顏色！這是個好辦法，親愛的侄兒：史卜朗格勒經年把玩色彩，一定知道是否曾在哪裡看過這塊布！」

馬泰烏斯一口氣乾了啤酒，打了個大嗝，跟隨叔父走出房間。他們在路上遇見吃完午飯回來的書記官。

「書記官大人，收拾您的紙張和筆墨，我們馬上要轉移陣地。」

「轉移陣地？移去哪裡？」

「您知道模型廳嗎？」

「模型廳……地下廊道那個？」書記官結結巴巴地問。

「沒錯！我要在那裡看到這起陰森命案的來龍去脈。煩請您在廳裡擺設座位，布置適當的照明。」

留下驚愕的書記員呆立原地，卡索夫拉著侄兒前往蘇菲亞．布拉赫的寓所。

「那吉普呢？親愛的叔父？」馬泰烏斯小跑步跟上卡索夫，一面又問。「您認為他是被另一個凶手殺害的嗎？」

「吉普的狀況最單純，同時也最複雜。單純是因為，我幾乎敢打賭，是他那永不滿足的好奇心害了他，再加上他對錢財毫無節制的貪婪。複雜則是因為，由於這個事實，他招來許多人怨恨。有一段時間，我相信是多徹斯特公爵夫人受到他的威脅，所以派人處決他。但是，剛才給你看的那塊錦緞卻不是來僕役的制服。公爵夫人也親口向我證實了這一點。吉普可能玩火玩過頭了。」

「所以這兩起命案的發生只是巧合？」

「親愛的馬泰烏斯，我再提醒你一次：巧合是糟糕的論調。吉普跟第谷太親近，兩人的死不可能毫無關聯。」

他們來到蘇菲亞·布拉赫的房間門前。隊長輕輕地敲了好幾次門，卻得不到回應，於是又用力敲了幾下。

「她不在。」馬泰烏斯低聲說。

「他們跟我報告的卻正好相反。」卡索夫否決他的說法。

他又敲了一次，並試著轉動門把，門一推就開。房間裡一片陰暗，遮蔽窗戶的大掛簾已經拉上。蘇菲亞·布拉赫躺在床上，似乎睡著了。

「她在休息。」馬泰烏斯悄聲說。

卡索夫遲疑了一下。一道光線從簾縫間隙鑽入，照亮蘇菲亞疲軟的手。這隻手的兩根指頭緊抓著一小塊白色的東西，他乍看以為是手帕。隊長輕咳了兩聲，想喚醒沉睡女子的注意。

「夫人……」

蘇菲亞仍然沒有動靜。卡索夫走到床邊，彎腰探視，終於辨識出面朝牆壁的那張臉：所有五官擠成一張恐怖的表情，眼珠子外突，舌頭掉在嘴巴外面。蘇菲亞．布拉赫剛被人掐過脖子。

「馬泰烏斯，快去通知國王陛下，最要緊的是請米迦埃．麥耶趕到這裡來！但我怕這位可憐的女士已經回天乏術了。」

馬泰烏斯大受震撼，急忙衝出房間外。卡索夫在床邊單腳跪下，辨識死者頸子上的紅斑，然後，輕輕地，從她的指間抽出他本以為是手帕，結果是紙張的那塊碎片。他攤開來看：那是一封信，只剩下一小張紙，上面印有丹麥王國的紋章。其他的部分都被凶手撕走了。

「卑鄙的小人！」卡索夫狠咒一句，坐立難安。

第十一章 國家利益

「在政治上，選擇甚少出自好與壞之間，而是來自最差和沒那麼差之間。」

——馬基維利，《君王論》

這二十四小時以來，木作工作坊連續運作不停。第谷．布拉赫的棺木尚未完成，現在又多了一筆訂單，擾亂負責城堡家具的木工師傅奧圖．布朗伯格工作。他把刨磨刀具放下，轉身對城堡內務主管說：

「是不是有新的黑死病瞞著我們啊？大人？假如是這樣的話，您應該立刻讓我們出去儲存木材。我的乾椽木庫存不是不會見底的。」

「沒必要擔心，布朗伯格，布拉赫大人的妹妹剛被人掐死了。跟黑死病毫無關係。」內務主管刻意用一種安撫人心的語氣說。

「有風聲說布拉赫大人是被毒死的，還有我們昨天斂入木箱裡的可憐女傭也是。侏儒吉普不久前被擲出窗外，而您現在又告訴我，天文學家的妹妹剛被謀殺。您覺得哪件事能令人安心？」

木作工作坊裡，長短刨刀所發出的雜響變得稍微沒那麼大聲。工人們伸長耳朵，想偷聽這兩人之間的交談。在吉普之後，蘇菲亞死去的消息，宛如沿著火藥粉點燃的火，已傳遍整座城堡。無論是宮內朝臣還是僕役職員，傳言迅速展開，他們之中，有個看不見的凶手到處遊蕩，沿路散播死亡卻逍遙法外。透過小心眼的推算把戲，人人都開始懷疑每一個人。而比這一切更糟的是，宮廷非但不安撫人心竟還封閉城堡——這項措施反而讓每個人都覺得自己有如困在陷阱裡的老鼠。無論到了什麼地方，內務主管都盡力平息眾人的焦慮。

「陛下已下令調查。守衛人數加倍，而禁衛隊長卡索夫已高度監視所有有嫌疑的人。現在重要的是，人人繼續做好分內的工作，別為城堡的正常運作增添不必要的麻煩。棺木必須在明天早上就準備好。」

「我再怎麼下令釉漆也無法晾乾，恐怕難以達成使命。」木工師傅歎氣回應。

「嗯，那就別上釉漆了！我們會用棺罩把棺木包覆起來。我相信您辦事最牢靠，布朗伯格。」

內務主管一走，木作工作坊裡立刻七嘴八舌地談論起來，布朗伯格好不容易才重新掌控秩序。

「伙伴們，」他拍拍結滿老繭的雙手說：「別把我們寶貴的時間浪費在無意義的閒聊上。我們的腦子不該被凶手和屍體弄得一團亂。我們的專業是木工。好好把剛落在我們肩上的超量工作完成是我們共同合作之榮耀成果。上工吧！朋友們，上工嘍！」

而為了以身作則，他一面哼起一首歌，一面大步往儲藏陰乾橡樹幹的木堆走去。一名工匠在他經過時喊住他：

「師傅，我們拿了裝有活動門的木箱來裝女僕的屍體，但據說侏儒也會用同一輛車載到亂葬崗。」

奧圖．布朗伯格停止哼歌。

「我們還有一些楊木在外面的小屋裡。看需要多少材料就去那裡拿，幫侏儒做一副合他尺寸的木箱。」

他正要轉身繼續走，那名工人又追問：

「您哼的那首歌好怪，根本聽不懂你在唱什麼……」

布朗伯格微笑起來。

「這是一首我祖母常唱的俄國民謠，叫做〈我愛你愛到躺樺木〉……樺樹的木質非常耐腐，在俄國被拿來做棺材。〈我愛你愛到躺樺木〉，意思就是『我愛你直到死去那一天』。」

步下雄偉的中央樓梯，前往夾層樓時，禁衛隊長喬瑟夫．卡索夫不得不閃到一旁，讓路給兩名僕人。在史卜朗格勒的指揮下，他們正在搬運第谷．布拉赫的巨幅肖像畫，畫面盡顯皇室數學家的風光神采。「虛空的虛空」，隊長心想：經過他面前的這個榮耀披身的畫中人物正在樓上分解腐化。突然間，一股直覺湧上心頭。

「等一下！」他喊住搬運工人，舉手示意他們停下腳步。

兩名僕人一動也不敢動，眼神詢問著史卜朗格勒。

「怎麼了，隊長大人，有什麼問題嗎？我要把這幅作品獻給陛下，陛下等候已久。我希望他能賜我休假。既然您已准許我離開城堡，我希望明天就能出發……」

「史卜朗格勒，我只占用一分鐘，別擔心。」卡索夫回答。

僕人們已卸下畫作，靠著樓梯扶手放穩。卡索夫湊近觀察，檢視肖像畫背景中的皇室夫婦。他用手指著他們，轉身問史卜朗格勒：

「這兩位是誰？」

「丹麥國王及皇后殿下。第谷．布拉赫希望我把他們畫得能被辨識出身分，事前給了我兩幅雕工精良的版畫，讓我有作畫依據。」

「好，好，我懂。但他們是誰？他可曾把這兩人的名字告訴您？確實是弗雷德里克二世和他的妻子梅克倫堡—居斯特羅的蘇菲嗎？」

「啊，王后的部分，的確是這個名號，但國王則是克里斯蒂安四世。」

「您確定？」

「那兩幅雕刻版畫陳列在我的畫室裡好幾個星期，名字都刻在他們的畫像上。」

卡索夫的眼睛閃過一道激動的亮光。

「吉普說的沒錯，史卜朗格勒，他告訴您畫錯國王的時候，說的是真話！您在這裡畫的這對所謂的夫婦並非前任丹麥國王與其王后，其實是現任國王和他的母親！」

「那又怎麼樣？」

「對於您的作品，完全沒有影響，您無需恐慌。但這很可能改變歷史，而且……」

卡索夫話說到一半自己打住，因為突然有股直覺驅使他把手伸入口袋。

「最後一件事，史卜朗格勒……這塊布是否會讓你想起什麼？」

他把那方神祕的錦緞遞給畫家。史卜朗格勒接過之後，瞇起眼睛，仔細打量織紋。

「這布料非常華麗，」畫家以充滿讚歎的語氣鑑定。「這塊綢緞所用的絲線很可能來自威尼斯。金線與銀線織出的圖案繡工精緻。我猜，這是背心口袋的一部分？價值非同小可呀！」他說，並把東西還給卡索夫。

「貴重到何種程度？」

「隊長，這塊布料一尺長大概值您至少一年的薪資。」

卡索夫不禁微笑。畫家的想法令他憶起自己年輕的時候，他曾經存了四年的錢為自己買一件天鵝絨外套。

「您可記得最近是否曾見過這布料？比方說，在陛下邀來的某位貴賓身上？」

史卜朗格勒思索了一會兒，提出假設：

「我覺得多徹斯特公爵似乎擁有一件與這些圖案頗為相似的背心。不過也許我弄錯了也不一定……」

畫家看起來不太有把握。卡索夫也不堅持。事實上，在檢查公爵的衣物時，他的確沒發現任何類似的布料。

「謝謝您，史卜朗格勒，祝您好運！請保重！」

「隊長，等一下！」

喊這些話的同時，卡索夫已快步下樓，卻聽見畫家雙手圈在嘴邊呼喚他：

卡索夫頓時停住。

「現在我想起來了……不是英國公爵，而是丹麥大使。在陛下的晚宴上，他穿了一件錦緞背心。」

「洛文希爾姆？」

「我沒記住他的名字。不過他的臉醜得令人側目，所以我記得非常清楚。那天晚上，他戴著平領圈，下方綴掛著大象騎士團的徽章。現在我眼前還清楚地浮現他的長銀鍊垂在錦緞上的畫面，與您剛才給我看的方布一模一樣。」

「您敢確定？」

「絕對沒錯。畫面一下子回到我的腦海，完整無缺。」

「史卜朗格勒，如果您的記憶力沒耍弄您，我該去教堂為您點一根漂亮的蠟燭感謝您。」

「那麼我們就算扯平了，隊長。因為我似乎也該為您點一根。」

兩人互相交換了一個心照不宣的小動作，卡索夫便急忙下樓，篤定地確信自己正走在通往真相的路上，而這條路需要先經過漢娜．朗德。

拜德貝克伯爵夫人把臉伸進氣窗，觀看這長日將盡時分的天空，表情彷彿一個希望能有一雙翅膀的人。從早晨開始，她的胃就疼得厲害。幾個月以前在海德堡時，她的胃病已經發作過幾次。但是那裡有一位了不起的神奇藥師，替她開了一帖以黏土為基底的藥方，讓她恢復了活力。幾個鐘頭以前，她使出全力詮釋她與希佐利大師一起練習了好幾個星期的詠歎調。演唱時，她感受到那種樂音的美妙圓滿，軀體則渾然忘我——甚至恍如變成完美的發聲樂器。要死的話就該在那樣的時刻死去，她常對自己這麼說。但是她沒死，而且走出主教座堂之後，劇烈的胃痛殘酷地提醒她：她這個人並非以打造天使的那種空靈材質製成。艾麗卡痛苦不堪。現在，與國王的其他賓客一起被關在模型廳裡，她只有一個願望：逃離這些人，逃離城堡，永永遠遠地遠離布拉格。就連被魯道夫抱入懷中的親密纏綿也令她作嘔。身為堂堂的國王，這個男人卻只是一頭縱慾好色的公豬，的確弄得她像頭母豬似地細聲尖號，但艾麗卡經常上教堂，難以用同樣的心態接受感官的高潮與神聖的團契。羞恥感啃噬著她。老天爺決定懲罰她完全沒什麼好奇怪的，她心想，並用高燒發燙的手撫按著上腹部。

馬泰烏斯遵照叔父的命令，將最後幾位賓客聚集在展示城堡模型的地方，準備進行最後的對質。對禁衛隊長而言，利用這座依原樣縮小的建築精品來重建犯罪現場，應該比實際到各個地點方便，他的講解也會更有效，每個人都能在模型上跟著那一名或多名凶手移動。進入模型廳時，在這件突顯出城堡格局有多麼驚人複雜的怪誕物件前方，艾麗卡．馮．拜德貝克佇足了片刻。這座建築遠超過宮殿這個詞的一般意義，簡直像一座城市，樓房中又搭蓋其他樓房，沒有任何原創藍圖主導，如雨後春筍般冒出。觀看了一會兒之後，伯爵夫人便感到暈眩，退避到氣窗下方歇息，玻璃窗口至少能讓她瞥見遠方的一塊天空。

模型廳的另一側，裹著一條毛毯，蜷縮在單人沙發裡，多徹斯特公爵焦躁不已，念茲在茲的卻完全是另一種事情。他辛辛苦苦地從房間下樓來到這地下廊道，認為這樣的努力應值得一份小點心犒賞才對。事實上，距離他吃完上一個奶油甜麵包已經過了快要半個鐘頭。他開始覺得時間漫長。何況，為什麼要把他們聚集到這裡來？而且還有一群武裝禁衛軍守備，彷彿在閱兵似的。在此布兵是什麼意思？難道他們忘了他的爵位有多高？

「瑪格麗特女爵，您對大小事情瞭若指掌，請您為我說明這令人匪夷所思的情形。」

「我已經告訴過您了，親愛的，我們之所以在這裡，是因為有人犯了一樁罪行。」

「為了這個理由就能再犯下阻止我吃點心的大罪嗎？」

馬泰烏斯沒聽出這巧問妙答中的玩笑，插話說道：

「我的大人，公爵夫人說錯了。犯罪事實不止一項，而是在四十八個小時之內，發生了四起命案。」

「我仍然看不出這和點心時間有何關聯，我的年輕朋友。您要知道，一五八八年的時候，我曾與親愛的法蘭西斯．德拉克一起參加格瑞夫蘭戰役，那可是怒濤洶湧的汪洋大海上，加農炮彈紛落如雨！屍體還少得了嗎！而且我可以向您保證，漂浮在英吉利海峽上的所有西班牙人也未曾片刻阻止我吃完布丁。別擔心，這四具倒楣的屍體不會壞了我的胃口！」

馬泰烏斯寧可轉身離開。他不夠強大，無法駁斥公爵大人，也知道身分階級之差禁止他這麼做。他真希望叔父趕快到來，把他從這膠著的狀態拯救出來。話說卡索夫到底在搞什麼鬼？他從蘇菲亞．布拉赫的屍體旁離開叔父已經有一個鐘頭了。難道還要再拖下去嗎？即使有禁衛軍支援，馬泰烏斯也不敢確定能控制賓客們的憤怒，而且也感到他們愈來愈煩躁。這會不會引發外交危機？這五個人之中必然有一人是凶手，但也表示另外四個被困在此地的人是清白的。彷彿看穿了年輕禁衛軍的憂心似的，埋首觀看城堡模型的洛文希爾姆大使揚起他奇特的大鼻子，高聲斥喝：

「時候到了！快結束這場荒謬的騙人把戲！」

他這句話遠遠傳來，彷彿一條鞭子抽得響亮。穿戴著一身旅裝，鈕釦一路扣到脖子，他顯得比平常更高大，更像高棲在梁柱上的滴水獸，並利用階級優勢壓制馬泰烏斯。

「大使閣下明鑒，」年輕禁衛軍彎腰鞠躬，「城堡方面竭盡所能，務求此事早日完成。」

「早日？這可就奇了……其他的人呢？」

「其他的人？」

「佝僂病患天文學者，教皇的謠言散播者，愛爾蘭來的蹩腳畫師……」

馬泰烏斯目瞪口呆，沒想到大使竟將對國王的貴賓們的輕蔑公開表露無遺。畫家還說得過去，因為他從來也只是某種地位特殊的僕人；但對於克卜勒和白拉敏，洛文希爾姆的粗魯無禮有失外交官的身分。這位大人一定是自認凌駕於常規之上，才敢如此放肆。

「承認吧！你們根本沒有能力找出犯人。」

「大使閣下剛才提及的幾位之所以沒在這裡，是因為我們至少有能力辨別清白無辜之人。」

馬泰烏斯擔心自己過於莽撞直言，暗中察看洛文希爾姆令人不安的眼神，但大使卻轉過身去，完全不再理他。幸好希佐利大師輕輕做了個手勢叫他過去，分散了年輕禁衛軍的緊張壓力。

自從抵達模型廳後，聲樂大師便安靜地待在被分配到的座位上。他全神貫注地讀著攤開在腿上的樂譜，勤快地用羽毛筆修改幾個段落。

「有何我能為您效勞之處，大師？」馬泰烏斯朝他走去，問道。

「我的墨水瓶空了……」希佐利指著他的小瓶罐細聲說，語氣有些哀怨：「您能幫我裝一些墨水來嗎？年輕人？」

馬泰烏斯點點頭，走向在桌前靜待審訊重開的書記官。

與侄兒所以為的相反，喬瑟夫．卡索夫很快就離開了蘇菲亞的寓所。他心中已有確切的答案，但還需要再進一步確認。根據史卜朗格勒剛才告訴他的事，他一面朝馬廄走，一面整理已掌握到的事項。在他看來愈來愈清楚：洛文希爾姆大使就是唯一的真凶，即使公爵夫人的嫌疑尚未完全釐清。有一件事是確定的：貝特漢姆女爵不可能殺害第谷．布拉赫，因為直到蘇菲亞來找他幫忙以前，她並未離開宴會。而洛文希爾姆，在晚宴結束後和演奏開始以前，他卻消失了好幾分鐘。他有足夠的時間毒害第谷嗎？這正是卡索夫必須提出的證明。此外，也必須解釋公爵夫人的小狗為何會在吉普被扔出窗外的那間房間的隔壁。以她對吉普真誠的程度來看，瑪格麗特女爵的否認可能只是一場完美的演戲，憎恨的動機不小，這一點她自己也承認。然而，如果史卜朗格勒說的是真話，那小塊錦緞方布的謎團現在已經解開。如果它真的屬於洛文希爾姆，吉普的命案就是一項預謀，無論公爵夫人是否參與同謀。不過，滅除手無縛雞之力的蘇菲亞，這兩人中的哪一個能從中得到好處？只有動機才能釐清這個謎……現在，卡索夫急於審問這一整群高貴人士。把老多徹斯特公爵、拜德貝克伯爵夫人，以及她非常崇敬的那位聲樂大師也一起傳召過來，這是他的謀略。這三人顯然不在涉案名單上，但他們的在場具有彰顯另兩人的行為之效果。當他與清白無辜的人對質時，真凶的肢體表情很少不洩露點什麼。無論如何，這是卡索夫期望的狀況。

老鼠剛啃完牠的麵包塊，用爪子擦拭尖嘴，滑順鬍鬚，認真仔細的程度活像一個剛吃飽喝足的真正紳士。漢娜注視著牠，一點也不怕；而老鼠黑溜溜的小眼睛閃耀如珍珠，也用一種平靜好奇的眼神盯著漢娜。當天稍早，守衛為她端來一碗湯和一片麵包，漢娜留了一塊給這個運氣不好的夥伴。昨天夜裡，她聽見牠到處啃食，在裝著餵馬匹用的大麥桶裡興奮地爬上爬下。她明白這隻小動物找到了適合牠的食宿地點，一旦吃飽，牠就不會再找她的麻煩了。漢娜從小就熟知老鼠習性，跟牠們來往，既不害怕也不厭惡。這隻老鼠應該也感覺得出來，因為牠在她面前就像旁若無人一般自在。

「人類指控你幹盡壞事，可憐的小東西。但即使黑死病是你帶來的，你也莫可奈何，你並不是故意要造成危害。然而他們自己的心底卻滿懷惡意，總想致你於死地。」

突然傳來一陣腳步聲，漢娜立刻閉上嘴。老鼠一溜煙逃開，消失在麥草堆裡。外面的門栓插梢滑動，門開了。漢娜抬起頭，看見卡索夫進來。

「漢娜．朗德，我要問您三個問題。如果您全部照實回答，就能洗清所有嫌疑，從這裡出去。」

「在我眼裡看來，我是清白的，隊長。」

「如果您肯幫我，在所有人眼裡看來，您都是清白的。」

「請問吧！」

卡索夫的目光將這間臨時囚房掃視了一遍。這是一個簡陋的小破屋，沒有窗戶，平時用來擺放各種馬具和燕麥飼料袋。他看了看湯碗、水罐，和守衛遵照他的指示所特地加上的被褥。然後，他走回漢娜面前。她靜靜等待，臉上完全不見任何情緒，彷彿置身此地或他方皆無所謂。

「您還記得您的弟弟是在哪一天淹死的嗎？」

「聖弗列德力克日，一五七六年七月十八日。我弟弟的名字就叫弗列德力克。他希望我們一起去捕魚，準備一份豐盛的晚餐來慶祝他的節日。『豐盛的晚餐』，他牽著我的手，拉我跟他往海岸走的時候，是這麼跟我說的……」

卡索夫一時無語。從她迅速而精準的回答，他這才明白：眼前這個女子這二十五年來可說是一直假裝自己活著。對她而言，由於第谷．布拉赫的專制和他手下士兵的殘酷，一切早在一五七六年七月十八日那天停止了。因此，殺害天文學家的凶手所奪去的不僅是她的復仇計畫而已，他還使她二十五年來的哀傷化為泡影。

「對您而言，我的第二個問題也許比較難回答。您曾告訴我，就在那一天，有一艘船在汶島的港灣靠岸。這是來自皇室的造訪，您曾強調這個細節。您知道船上載的是誰嗎？」

「說實話，本來我永遠也不會去管那艘船和船上的乘客是誰。失去弟弟的當下我太慌張，也著急地用盡力氣拯救自己。但是隔天早上，有人到家裡來找我母親，說那是出自烏拉尼堡管理人的要求。第谷・布拉赫要接待一位不速之客。在這種臨時狀況下，他需要兩倍人手。晚上，回到家裡之後，母親跟我們說：她白天服侍了蘇菲王后。她被指派到廚房裡工作，所以並未當面遇見王后；但檢查每道菜的內務主管則頻頻炫耀自己在布拉赫大人的私人餐廳裡為王后本人服務。而對我們這些人來說，來自皇室的造訪，我們根本不在乎。我們只掛念著被大海帶走的小弗列德力克。」

漢娜沉默下來。痛苦的回憶突然在她臉上畫出一股無窮盡的憂傷。聽著她的敘述，卡索夫感到他已觸及事件的核心。他的直覺從此有憑有據。丹麥的王權果然與布拉赫之死有關。一切矛頭指向洛文希爾姆。

「您自由了，漢娜。請暫時先回到您的工作崗位。如果您仍堅持離開城堡，我會替您要到一份通行許可，還有推薦函。這樣您去其他地方求職比較容易。今天晚上，您工作結束後，直接來找我就行。」

「您不是還有另外一個問題要問我嗎？隊長？」

卡索夫尷尬了一下，靦腆地笑了笑。

「確實，我想起來了……剛才，我走過來的時候，聽見您正在說話。您在跟誰講話？漢娜？」

「跟一個朋友，隊長。」

卡索夫挑起了眉毛，一臉好奇。

「我是在跟一隻老鼠說話。」

漢娜的神色又恢復那帶著一層光滑面具的樣子，看不透情緒。然後，她轉身離去。卡索夫看著她步伐從容地走出破屋，彷彿不曾發生過任何事，彷彿只在房間裡睡了一覺，而非將就囚室裡的麥草堆。他心想，他有可能會愛上這個女人，她應該擁有遠高出凡人許多的心靈與堅強個性。但他隨即釋懷，告訴自己：漢娜・朗德大概幾乎不會為愛情這個念頭所動，正如她除了憂傷以外，似乎對任何感受無動於衷。

只要沿著馬廄走，就能抵達一座小小的庭院，底端的狹窄樓梯通往城堡地下廊道的檔案室。這個領域屬於檔案管理總長，一個叫做雅洛斯拉夫・卡夫卡的人。古老的皮革、紙張、蠟印……他的國度綿延好幾座長廳，以儲藏間和層架等家具隔出狹隘的走道；架上擺滿文件夾、木箱和精裝書，搖搖欲墜。這座迷宮的最後一個廳又從一道螺旋梯展開，從這道樓梯可通往各個密室。那些密室如墳墓般神祕閉鎖，遮蔽日光照射，封藏著珍貴的手稿、羊皮紙卷、魔法天書，和各式輪唱對經譜，頁面上畫有五顏六色的豐富彩繪裝飾，皆是手抄僧侶們的作品，可追溯到古騰堡的天才發明問世以前。這可是檔案寶庫，某種程度來說，是城堡最深處的記憶與心臟。

卡索夫推開第一個廳的門，這裡既是書房也是裝訂工坊。幾名工匠帶著助手，在雅洛斯拉夫・卡夫卡嚴密的指揮下，操作古書裝修的工作。天花板上的金屬桿上懸掛著長幅畫布，乍看之下會讓人誤以為是地圖。事實上，那是舊大陸上所有統治者家族的族譜。

一走進來，就有一股又嗆又甜的怪味衝進卡索夫的鼻腔。那是魚膠，主要的成分是磨成粉的魚骨頭，放入小銅鍋加熱熬煮。工人用它來黏著紙板書殼。在一塊光滑的石板上，有個非常年幼的男孩拿著一把解剖刀，專心地剝除一頭死產小牛的牛皮，一張「哀傷之皮」。

卡索夫莊嚴鄭重地走向此地負責人，以大動作搖帽行禮。誰也說不準這位檔案管理總長的年紀。他對所管理的資料抱持極親密的心意，以致本人彷彿也沾染了古老蠟燭的氣色，皮膚組織像用隱跡術反覆書寫又顯示過好幾次的羊皮紙。但根據人們所知道的傳說，當初是查理五世[22]本人親自給予他肯定，封他為皇室檔案管理長。

「卡索夫，禁衛隊長大人！何等榮幸！您特意造訪，有何貴幹？」老檔案管理長驚呼，他的意第緒腔聽起來語調平緩且溫和。

「為國王陛下效勞。」卡索夫回應：「我們需要您的靈光指點，卡夫卡大師。」檔案管理長彷彿被一副機械鐘擺驅動似地，對說出這句請求的隊長緩緩彎腰鞠躬了好幾次。

「當然，當然……微弱的光，而且愈來愈暗，不是嗎？不過我們會看看我們能做些什麼。」

22查理五世（Charles Quint, 1500~1558），一五一六年接任外公的皇位，成為西班牙國王，將西班牙建設為在海外擁有廣大殖民地、稱霸海上的帝國；一五一九年繼祖父之位，成為神聖羅馬帝國陛下。

他抬起鷂鷹般的小眼睛注視喬瑟夫．卡索夫；尖銳而機敏的目光立刻反駁他喜歡扮演的那個墳墓旁徘徊的華髮老人形象。卡索夫先從口袋掏出他在蘇菲亞手中找到的那張印有章紋的碎片，遞給檔案管理長，請他說明紙張的來源。檔案管理長持著一把放大鏡對焦，仔細檢視。全程只花了幾秒鐘。

「小孩子的遊戲，親愛的隊長！小小孩玩的遊戲，不是嗎？」他把紙片還給卡索夫。「梅克倫堡–居斯特羅的公爵夫人看見她的信紙遭到如此破壞，一定很不高興！」說完，他接著尖聲笑了起來。

「梅克倫堡的公爵夫人？」卡索夫訝異地問。

「如果您覺得比較好的話，我可以換個方式說，自從與弗雷德里克二世聯姻後，她就成了丹麥和挪威的蘇菲亞王后……在這上面，您可以看見丹麥的徽章，而且就在王后的家徽旁邊；這表示這張信紙是她的。章印的深淺不太明顯，但還是可以明確看出那奇怪地伸長舌頭的公牛頭，這正是梅克倫堡家徽的特色，不是嗎？」

在第谷肖像畫的角落，史卜朗格勒標上的確實是同一個紋章，與丹麥王國的徽章並列。所以，從蘇菲亞．布拉赫手中奪走的那封信，毫無疑問，來自蘇菲王后。卡索夫表面上不動聲色，內心卻狂喜不已。現在只差最後一項訊息，他內心所堅信之事就能成為絕對的真相。

「最後一件事，卡夫卡大師。在將您還給您無比珍視的檔案以前，可否請您告訴我蘇菲王后的兒子出生在哪一天？」

老檔案管理長抬頭仰望頭頂上的族系譜掛板，做出尋找答案的模樣；但卡索夫毫無片刻懷疑，深信這一切他早就都熟記在心。

「若我還不至於太不中用，現任國王克里斯蒂安四世於一五七七年四月十五日出生在菲特烈堡。不過，如果是為了運算一份占星報告，要我告訴您他確切的出生時辰，那我可就傷腦筋了，不是嗎？」

「與占星無關。我們所關切的是更嚴重的事。您帶給我們日耳曼神聖羅馬帝國如此珍貴的協助，我對您感激不盡。您是知識的寶藏，卡夫卡大師。」

老檔案管理長瞇起眼睛，簡直連瞳孔都消失在皺紋與細紋的密網裡。這是他微笑的方式。

「暫時的寶藏，親愛的隊長。我們都是小小的蜉蝣，不是嗎？不過，感謝上帝，檔案管理這項職務是永恆的。我只是非常卑微地暫時充當罷了。」

然後他又開始緩慢地前後搖擺，這大概是某種告別的方式。卡索夫彎腰行禮。

「願上帝保佑您，卡夫卡大師。」

當他帶上門，走到檔案國度外面之後，卡索夫覺得自己彷彿剛闔上一本書；書裡的內容讓他充滿興趣，而讀完後卻留下奇怪的不滿足之感。一種如釋重負與意猶未盡雜陳的奇異感受。在他腦子裡，透過一條指引出路的線索，悲劇的謎團逐漸解開，事實顯而易見。卡索夫並未完整表明，但他心底深感遺憾。沒想到，他所發現的那些微小原因竟釀成如此悲慘的後果，死了這麼多人，而這些原本都可以避免的！不過，還剩尾聲沒有寫完。

在前往模型廳以前，他特意繞路經過自己的住所，拿了個小布袋，裡面裝了他的棋子。

第十二章

凶手

「幸福屬於明察事因之人。」

——維吉爾，〈農事詩〉

卡索夫步入模型廳，可憐的馬泰烏斯頓時鬆了一口氣。他已經不知道該如何控制洛文希爾姆大使了。所有目光都集中在禁衛隊隊長身上。他簡單又有力地點了個頭，向在場所有人致意。多徹斯特老公爵快步迎上他。

「我們還要在這裡待很久嗎？卡索夫先生？」

「我們大家的辛苦都快結束了，公爵大人。當然，除了凶手以外。」

守在氣窗旁的伯爵夫人總算離開她那一小角天空，低聲問道：

「您知道他是誰？」

卡索夫謹慎不答，將小布袋中的棋子全倒在擺放著城堡模型的大桌邊緣上。木製棋子互相碰撞，發出的聲響在拱頂下迴盪。

「而現在，您要邀我們下一盤棋？」洛文希爾姆嘲諷地說。

「您先別把話說得太早，大使先生。輸的那一方有很大的機率被關進苦役大牢。」

一抹淺淺的奸笑讓外交官猙獰的臉變得更醜陋。

「讓我們看看該怎麼做……我猜您喜歡白棋？」

「如果您不反對，我只需要使用兩個黑棋：一個是國王，代表您；另一個是小丑[23]，象徵已逝的第谷．布拉赫。」

卡索夫拿起黑國王，把它放在晚宴廳。在它周圍，他又放了白棋裡的國王，王后，騎士，小丑，城堡和八個士兵，另外加上一個黑棋小丑。

「所以，各位正在晚宴上，席間有魯道夫二世、多徹斯特公爵及夫人、紅衣主教白拉敏、馮．拜德貝克伯爵夫人、克卜勒、麥耶、史卜朗格勒、聲樂大師希佐利、侏儒吉普、財務官繆勒史坦、僧侶安瑟默，和監控宴席服務的漢娜．朗德。其餘僕人皆不在我們要關心的範圍之內。而這個黑棋小丑，正是第谷．布拉赫。」

其他人皆被這意想不到的現場還原迷住，慢慢靠近模型。馬泰烏斯整個心被征服，一丁點也不肯漏掉叔父的展演。

「晚宴結束後，這一群高雅的貴族移駕到音樂沙龍。首先是國王，緊接著是我們的女高音和她的聲樂老師，然後是紅衣主教，後來留下來玩牌的公爵，以及公爵夫人，克卜勒和財務官繆勒史坦。最後這位監視著晚會上的每項細節，重新計算這總共要花費多少錢。」

卡索夫邊說邊把白棋的國王、城堡、王后、小丑和騎士以及四名士兵皆移到模型沙龍裡。

23 法國西洋棋將主教稱為小丑。

「那我呢？您怎麼把我給消失了？隊長！」洛文希爾姆插嘴。

卡索夫連忙把黑棋國王移到其他士兵旁邊。

「您在這裡，大使閣下。在這段時間裡，安瑟默修士依主教的命令先行退下，主要是為了回兩人的房間去守顧行李；但他卻先去向某位洗衣女工表示愛慕之意。」

「這就是我們的天主教徒！」貝特漢姆女爵嚷了起來：「嘴邊成天掛著上帝，屁眼裡卻住著魔鬼！」

這個說法引起在場所有人瘋狂大笑，就連卡索夫拚命清喉嚨暗示也制止不了。

「關於這一點，我覺得某些女清教徒實在也不需羨慕他們，親愛的女爵……」他反唇相譏，一面把一個白棋士兵移到廚房區。「至於吉普，他則在大廳入口，與史卜朗格勒在一起，正悄悄把暗中離開城堡的方法教給畫家，讓他去城裡和一個老相好幽會。我確認過，史卜朗格勒當時確實不在城堡裡。」

卡索夫從模型中取出一個白棋士兵。

「而第谷．布拉赫，他則下樓到地下廊道，可能是為了跟麥耶輪班看顧煉金爐。」隊長繼續說，並把黑棋小丑放到通往城堡神祕地窖的暗梯下方。「現在，請各位回想：在移往音樂沙龍的時候，餐廳有一扇窗突然被風吹開，近半數的燭臺瞬間熄滅。這件事在當時引起了些許混亂，大廳陷入昏暗。就在那個時候，凶手隱遁，跟蹤了第谷．布拉赫。」

「這樣的話任何人都有可能！」聲樂大師驚呼，手中的羽毛筆懸在一份樂譜上方。

「初步看來，我們確實可以這麼想，但現在，我們必須先往後推一段時間，也就是說，到您的獨唱會結束時。順道一提，您的演唱非常精采，伯爵夫人。」

「謝謝您。」艾麗卡．馮．拜德貝克冷冷地說。

卡索夫低頭鞠了個躬。

「此外，您留給魯道夫二世的印象如此之深，他立即召您到他的寢殿。我想，他有些新曲想請您探索。」

「這樣一位演唱家，國王想再多享受一些她的才華是很容易理解的事。」貝特漢姆女爵竊竊低語，臉上浮起惡毒的微笑。

「的確很容易理解，親愛的女爵；畢竟有人發現您也在這座寢殿裡，而且跟侏儒吉普在一起，想必是為了偷聽幾句清唱的情詩牧歌而來。」

這次輪到艾麗卡伯爵夫人露出笑容，而公爵則睜大了眼睛。大使顯得無聊不耐到了極點。希佐利任憑懸在半空中的羽毛筆掉落在樂譜上。卡索夫把國王，王后，城堡和一個白棋士兵移到國王的寢殿，又把另一個士兵放入餐廳，特別說明：

「至於漢娜．朗德，她監控著晚宴之後的收拾整理工作。財務官繆勒史坦已經和克卜勒回到西班牙廳，查詢最好的方法，以求用最少的花費拆除這次的展覽。」

卡索夫一面說，一面把兩個白旗士兵放到對應的空間裡。現在，他手中只剩黑棋國王和最後一個白棋士兵。

「所以兇手是麥耶。」洛文希爾姆直截了當地說，打了個呵欠。

「的確，御醫米迦埃．麥耶已回到他的煉金室，也就是說，與我們發現不幸的第谷．布拉赫之地，相隔咫尺。」卡索夫點頭，並把白旗士兵放進模型。

「所以犯人就是他！十惡不赦的罪人。」希佐利用誇張的義大利口音下結論。

隊長抬起手，表示他還剩下一個黑棋國王。

「而您，大使閣下，在那個混亂的時刻，您人在哪裡？」

「和其他人一樣，我跟著大家從一個廳室走到另一個廳。」

「然而，似乎沒有任何人注意到您。」

「正如您剛才那麼恰巧地提醒大家的，當時蠟燭熄滅，場地裡一片昏暗。」

「而您就趁著光線昏暗不明，追上第谷．布拉赫。而他正焦躁地等著您去拜訪！」

「拜託，大家都看到了，獨唱會結束時，我熱烈地鼓掌，手都快拍斷了！」洛文希爾姆嚷叫了起來。

「確實如此。我自己也親眼看到您。您就站在音樂廳最後面。我本人則在對面的角落裡。不過，沒有人能做證在獨唱會開始時就看見您。」

「觀眾的目光都盯在舞臺上。」大使聳聳肩說。

「讓我們稍微離開這場音樂會，好嗎？還是回到第谷．布拉赫身上才對。這位天文學家一心夢想得到丹麥新國王克里斯蒂安四世的特赦，必須靠您為他美言。」

卡索夫乾脆地將黑棋國王往被他放平的黑棋小丑旁邊擺下。這只是一場模擬，但所有在場者都吃了一驚。

「第谷．布拉赫曾把這件事告訴妹妹蘇菲亞，還有御醫麥耶。」

「如果他需要我，那我又有什麼理由要殺害這可憐的第谷．布拉赫？與其害他，幫他這個忙，我得到好處還比較多。」

「這其中有一個複雜的動機，我花了不少時間才掌握。順道一提，不只我一個人，吉普，他也明白了藏在這場猝死背後的祕密。」

卡索夫一面說，一面從口袋中拿出錦緞方布，鋪在模型中的某片屋頂上。洛文希爾姆的氣焰瞬間熄滅。

「您希望我們單獨談談嗎？大使閣下？」

洛文希爾姆突出的眼珠裡閃過一絲力不從心的怒火。他挺直高大的身軀，睥睨在場每一個人，最後回來瞪視卡索夫。

「我接受您的提議。」他說，語氣冷如寒冰。

卡索夫轉身面向這一小群人。他們都聽到兩人的交談，卻不太明白正在發生的事。他對馬泰烏斯做了個手勢，示意他打開模型廳的門，並謹守宮規禮儀，向多徹斯特公爵行了個大禮。

「大人，請原諒我耽誤您用點心的時間。以國王陛下之名，我為您的耐心等候致上最深的謝意。」

老公爵不等他多說，立即拉走他的妻子，往出口加快腳步。

「我們必須談談，親愛的夫人，請您好好解釋清楚……」

貝特漢姆女爵順從地跟著他走。雖然她本想不惜代價留到最後一刻。希佐利大師收拾樂譜，一言不發地跟著艾麗卡伯爵夫人走出去。

「馬泰烏斯，你帶兩名衛兵守在門口。我們等一下要把洛文希爾姆大使閣下押送到國王面前。」

「您說國王，國王已到！」魯道夫二世聲如洪鐘，走進模型廳。「所以呢？您的結論為何？卡索夫隊長？」

卡索夫很謹慎，在哈布斯堡的魯道夫二世進來之後便小心地把門關好。國王驚訝地看了看凌亂地擺在城堡模型各角落的棋子。

「我正在告訴洛文希爾姆大使先生，我花了一點時間去了解他為何要殺害第谷．布拉赫。」

魯道夫驚愕得目瞪口呆，但他都還說不出一句話，卡索夫便繼續：

「這個謎團的關鍵就藏在陛下您命令史卜朗格勒繪製的那幅畫，也就是第谷．布拉赫的肖像。為什麼第谷要請畫家在蘇菲王后的旁邊畫上克里斯蒂安四世，而非其父弗雷德里克二世？既然他是梅克倫堡的蘇菲之夫，亦是第谷的保護者？純粹因為第谷曾是王后的情夫，也很可能正是克里斯蒂安國王的親生父親。這樣一樁祕密會使克里斯蒂安的王權不保。因此他委派大使趁著榮耀第谷．布拉赫的成就之便，不是前來祝賀，而是前來殺掉他。」

「那吉普呢？蘇菲亞呢？」

「吉普比我更早看懂了那幅畫的含意，並準備藉此要脅洛文希爾姆，而大使毫不猶豫地先下手擺脫他。至於可憐的蘇菲亞，她找到一封皇后寫給第谷的信，信中內容夠明白，足以重新拼湊出整段故事。洛文希爾姆知道了這封信的存在。他一進入蘇菲亞的房間，便掐死了她，搶走了那封信。」

「這故事編得漂亮，卡索夫隊長。我猜，想必有幾樣證據支撐？」大使探問。

「您希望我請我的侄兒馬泰烏斯去搜您的行李箱？大使閣下？我很願意賭一百枚金幣，保證我們能在那裡面找到這封信：它所缺的一小塊留在蘇菲亞．布拉赫的指縫中。另外還有一件錦緞背心，也缺了這塊布，而這是我在吉普的屍體附近找到的。」

卡索夫從模型中拿起從洛文希爾姆衣物上扯下來的錦緞方布，伸長手臂揮舞。

「此外，可憐的第谷，感到自己就快斷氣了，最後仍靠著機智指控殺他的凶手。他抓了一罐泡著胚胎的玻璃罐，為自己被謀殺的事由做出最終解釋：一個即將出世的孩子。」

「對此您有什麼話說？洛文希爾姆？」魯道夫二世問，這些事件顯然已超乎他的想像。

「我想說，陛下您擁有一位優秀能幹的部下。第谷確實請我隨他走進地下廊道，以便兩人單獨討論讓他特赦回鄉之事。那時，他感到一陣不舒服，請我將他的水晶小藥瓶遞給他。於是我趁機加入一份劇毒。但沒想到有一名愚蠢的洗衣女工竟然也喝了它！至於侏儒吉普，他只不過得到他應得的報應。」

「那蘇菲亞．布拉赫又怎麼說？」

「我有選擇嗎？我遵奉我國國王的旨意行事。他想把所有私生子的線索清除乾淨。王權的價值何只幾條人命，您不認為嗎？」

他突出的眼珠直視魯道夫。

「所以，現在，您打算如何處置我？」

「這個嘛，這個嘛……」

魯道夫二世朝卡索夫茫然望了一眼。老兵立刻明白：凡人的司法正義並不適用於一個熟知歐洲所有宮廷的外交官身上，否則會在歐洲各聯盟間已經非常不穩固的平衡造成崩盤危機。卡索夫猜想國王此時正因這些考量左右為難。他垂下眼，表示同意魯道夫二世將做出的一切決定。

「這個嘛，洛文希爾姆，您恐怕將成為布拉格宮廷的不受歡迎人物。從今天開始，我們的眼中不再有您。並請清楚告知丹麥國王，從今以後，他欠我國一份人情，我們會在適當時候提醒他。」

大使跟卡索夫一樣心知肚明，曉得這只不過是不具效力的空頭威脅，僅是讓哈布斯堡的國王保存顏面。

洛文希爾姆謹守規儀，沉默不言，彎腰行禮後便走出大廳，對於揭發他真面目之人，連看都不看一眼。魯道夫帶著出神的目光，又盯著模型和棋子檢視了好一會兒，然後轉身問卡索夫：「告訴我，隊長，您聽過卡拉瓦喬這位畫家嗎？」

彷彿為曾耗費那麼多時間觀察星空之人獻上最後一份敬意，太陽透過主教座堂的玻璃花窗灑下充沛的亮光。祭壇前方，第谷．布拉赫與其胞妹蘇菲亞的兩副棺材上鋪滿鮮花。白拉敏主教在安瑟默修士的協助下，穿上司鐸祭服，為亡者主持彌撒。他對艾麗卡．馮．拜德貝克比了個手勢。隨著管風琴與希佐利大師的維奧爾琴伴奏，她唱起〈莫里斯所有子民〉（Omnes Mauritium）這首歌，出自她特別喜歡的一位法蘭德斯作曲家狄爾克．史特令（Dirck Stelling）。優美的和音節節升至拱頂，克卜勒剛晉升為國王御用新天文學家，他開始希望如此單純而清亮的歌聲能直達星星。魯道夫二世一身黑服，似乎不那麼悲傷，倒像是尷尬；他先前已詢問過一份占星報告，而約翰尼斯不得不再次強迫講究科學的自己，在星子的布局中找出某種意義，而且還要撰寫一篇大致可讀的文章。他已有預感自己沒有勇氣屈服於這些狂想太久。他看了站在身邊的麥耶一眼，御醫似乎專注觀察著主教座堂牆上的幾個奧祕符號，那是一些潛心煉金祕術的工匠師傅所刻下的。演唱結束，白拉敏展開殯葬彌撒。卡索夫站在一條支道上，觀察主要由宮廷成員與幾位高官組成的在場人士。他注意到，受邀參加第谷．布拉赫謀殺案發生前之悲劇性晚宴的賓客，已有大半不在。其中三人死去，另兩人已上路回英國，史卜朗格勒先前就離開了王宮，而凶手被幽禁在寓所，為出發前往丹麥做準備。卡索夫不禁想起漢娜．朗德。她也早已離開，不知去向。他懷念這位女子專注又低調的存在，還有她那份自始至終悲傷不渝之美。

「我聽見來自天堂的聲音對我說，」白拉敏以洪亮的聲音唱誦。

「安息主懷者有福了！」眾人答詠。

一個人影沿著一根根方形廊柱移動，與卡索夫接頭。是馬泰烏斯。

「怎麼樣？」

「他明天一大早出發。」

「很好……那兩個英國人呢？」

「現在他們已經在很遠的地方了。」

「你確實檢查過，公爵夫人帶走了一些機密文件？」

「她的陪侍女僕沒出多高的價碼就把祕密賣給我了！公爵夫人的確在胸衣內襯裡夾帶了幾頁紙張。可是叔父，我真搞不懂。您為什麼堅持讓她把那些信帶走？」

「這是個很好的問題。」卡索夫在侄兒的耳邊悄聲說。「去問城堡的老檔案總長吧！因為那些信的內容都是他編造出來的……」

馬泰烏斯忍住大笑，隨即想起自己正位於一場殯葬彌撒。他從未參加過如此重要的典禮，於是也開始細細打量信徒們的優雅服飾，然後，目光停在兩座裝飾華麗的靈柩臺上。他心中一陣酸楚。從大玻璃花窗灑下的光線彷彿照出一條通往天堂的路，在那亮光之中，他又憶起卡蒂亞的笑容。

在此同時，兩名掘墓工人打開木箱的活動門板，將少女的遺體扔進坑洞，另外還有一具屍體，他們起初以為是小孩。一對奇怪的男女在一旁看著這淒涼的埋葬過程。男人魁梧高大，揹著行李，其中還有一副畫架；女子有一張天使般的臉孔和青年男子的嗓音。

「這個侏儒以前是你的朋友？」菲德利可問，一面用大披巾圍住臉。

「吉普會逗我笑。世界上沒有第二個人像他那樣敢在王公貴族面前無禮放肆，而下一秒又立刻卑躬屈膝，懦弱得像隻快餓死的小狗。他本來要陪我一起去義大利的。」

「也許結果你換來了好處，喬納森。」男扮女裝的人兒嬌聲低語。看著掘墓工人用一鏟鏟的生石灰覆蓋兩具屍體，他努力抑制一陣嫌惡的顫抖。

史卜朗格勒注視他的旅伴，心想：這張無邪的天使容貌配上墳墓背景，會組合成一幅非常美麗的畫面。

第十三章

寒鴉與狼群

「這一日，神怒之日……」

——安魂彌撒

喬瑟夫．卡索夫起了個大早；天才剛亮，他就被大使即將上路的車隊吵醒。他必須監控押送人員的配置，他們必須一路護送洛文希爾姆到布拉格城門。到了那裡之後，這批所謂的護送隊員即可調頭回城堡，讓大使及其侍從繼續前往丹麥。

隊伍中共有兩輛差異明顯的馬車。第一輛車由兩匹馬拉載洛文希爾姆的行李與家僕：除了馬車夫以外，還有一名僕役和一名跑腿跟班。第二輛車則是一輛輕巧的四輪華麗馬車，一匹健馬拉載大使一個人。他點了一份豐盛的早晨，請人送到房間享用，並決定讓走得較慢的第一輛車先出發，不需等他；兩輛馬車約好直接在日落之後於利托梅日采[24]會合，停留一宿過夜。當卡索夫從馬車夫口中得知洛文希爾姆臨時任性更改行程，他頓時火冒三丈。這麼一來等於增加了押送工作的麻煩，隊員被迫一趟路要跑兩次。最後，在他從禁衛軍中挑選出的四個人中，他只讓三名押送第一輛車先走，並決定帶著第四人親自為洛文希爾姆的華麗馬車開路。

現在，這件事既已有了最妥當安排，洛文希爾姆下定決心好好占魯道夫二世這個懦弱國王的便宜，表現出一點也不急著離開宮殿的模樣。直到九點左右，聖維特教堂的鐘聲響起，他盡情吃飽喝足了，才終於出現在馬廄中庭，一身旅裝，闊邊氈帽遮去他大半張臉。對於卡索夫和護衛，他瞧都沒瞧一眼，完全不屑一顧。他一言不發，坐進掛著厚毛皮窗簾的華貴馬車；護衛亦立即跨鞍上馬。對禁衛隊長而言，這樣正好，他可一點也不想卑躬屈膝，向這號人物客套招呼。馬車夫爬上座位，揮抽長鞭。於是，緩緩地，車隊朝城堡的北邊暗道移動。

儘管時辰不早，太陽卻尚未穿透薄霧，整片風景沐浴在乳白朦朧的亮光下。寒涼刺骨的空氣中，寒鴉鳴噪，宛如為冬日拉開序曲。恐怕就要下雪。馬車依舊緩步，駛在兩名騎士中間，穿越城堡北邊暗門。城牆之外便是鄉野。草原與用乾石牆圍住的果園，幾幢破屋，偶爾從中升起一縷淡藍輕煙。華麗馬車在往利托梅日采的分岔路口停下。卡索夫馭馬靠近隸屬城堡廄房的馬車夫，給了他最後幾點叮嚀，然後揮手道別。不久之後，在鐵輪框嘎吱聲響中，洛文希爾姆的華麗馬車顛簸駛遠。卡索夫目送它很長一段時間，直到它轉彎，消失在一片赤楊木樹林後方。

就這樣，奪去三條人命的凶手，未受懲罰，揚長而去。四條人命，假如把因為他下毒而間接被害死的卡蒂亞也算進去的話。在戰場上，卡索夫隊長曾見過許多生命枉死，有的正在青春年華，死於激烈酣戰。儘管荒謬，戰爭仍有其規則，第一條鐵律即為不是你死就是我

24 利托梅日采（Litoměřice），位於布拉格西北方。氣候溫和，適合種植水果，被稱為「波西米亞的花園」。

活。久而久之，卡索夫也習慣了，並且自己找到了釋懷之道。但是犯下冷血的謀殺罪，而且被害人沒有任何自衛的可能，目的僅在於虛無的政治布局，在他看來，這是對人類尊嚴的侮辱。的確，卡索夫自忖，所有活著的人終將一死，但沒有人可以剽竊執行判決的權利。他彷彿又看見吉普扮起鬼臉和他那些滑稽幽默的玩笑，溫柔的蘇菲亞總是對每一個人充滿體貼關心；看見第谷．布拉赫，永遠的星星夢想家，以及，最後，馬泰烏斯面對卡蒂亞之死的痛苦模樣。然後，他想起洛文希爾姆那張冰冷高傲的面容，那副輕蔑一切的表情，那樣地自命不凡，篤定地炫耀自己不受一般法律約束，能隨意擺布任何人的命運。一股強烈的嫌惡之感頓時湧上他的心頭，幾乎立即化為一份凶猛的決心。法律、道德，以及國君沒做到的，他，卡索夫，會代為完成。他轉身朝另一名護衛騎去。士兵並未下馬，等著他下令回程上路。卡索夫要他單獨回城堡。「至於我，我要去視察防禦堡壘。有人向我報告幾個損壞之處，必須在冬天來臨以前修復。想必我需要一整天的時間來做這件事。請告訴城堡裡的人：不必擔心我。」

他沒有沿大路騎乘，反而決定走捷徑，越過田野，走牧羊人小徑——他從孩提時代就熟記小徑上的每一個彎道。坐騎已兩天沒出門，他的腳跟才蹬第一下，馬兒便狂奔起來。卡索夫自己也感到這趟馳騁為他灌注了活力，無畏冷空氣迎面鞭來。

大約兩個鐘頭之後，他在一幢高踞山丘上的小屋前停下。他進入一座農莊的院子，為馬兒要了飲水，為自己要了一把核桃和幾顆蘋果。光要這幾樣東西，他付了兩分五的銀幣給農婦，這筆豐厚的意外之財讓她高興得不得了。鞍囊裡裝了糧食，他又重新上路。

過了一會兒，從一片岩石林立的陡坡上方，他眺望山谷，看見通往利托梅日采的道路沿著一條小河展開。此處視野遼闊，遠方不見任何豪華馬車的蹤影。卡索夫推想，儘管他繞道穿越，但應該已經領先洛文希爾姆的馬車很長一段時間，所以反而超前抵達了。他用小快步騎馬下山，回到沿著水道蜿蜒而行的車道。

現在，他悠哉地緩緩前行。早晨時的憤慨心情已轉成一份寧靜的堅定。他所要完成的並非報仇，也不是為伸張某種正義而執行裁決。純粹只是一項為民除害的工作。洛文希爾姆是一頭危險的猛獸，他在布拉格的罪行必然不是他唯有的幾起犯罪。若不曾經過一定的訓練，甚至，有一定程度的習以為常，沒有人能像這樣輕易地執行謀殺。卡索夫在一棵核桃樹下最後一次休憩，讓馬兒津津有味地嚼光尚未飄零的葉片，然後，再度跨上馬背，心平氣和。

不久之後，他眼前出現了利托梅日采地區起伏有致的火山地形風光。一條條帶狀霧氣拖曳天空低貼地面，纏繞一座座山峰，火山早已熄滅，彷彿一場古老的往事如煙。山腳下，易北河在兩道泥濘的堤岸間開闢水流之道。接近城鎮之處，一個農村家庭正在田裡耕地。男人拉著幾頭強壯的牛，女人彎腰推動犁鏵，在褐土上畫出一道道犁溝。兩個小孩跟在他們背後，清除石頭，堆在田地邊緣。

到了城門口，他拉緊斗篷衣襟，抓在胸口，避免守衛認出繡在外套上的皇家徽章。他尤其不希望有人張揚出去，提醒洛文希爾姆的馬車夫他在這裡。他跟一般旅人一樣付了過路費，向守衛探問去客棧最近的路怎麼走。

他不多拖延，驅馬快步從標著「皇家之心」招牌的院子前面經過，正巧有足夠的時間看見洛文希爾姆家僕的車輛。套馬挽具和行李皆已卸下。乘客們應該已經住進客棧，等待主人到來。卡索夫擔心被認出來，便繼續朝多姆斯卡山丘前進。那座山丘上聳立著古老的聖斯德望主教座堂。

山丘下的小道單側沿著一座防禦高牆延伸，那是某座小堡壘的城牆：這些建造在王國邊界的小堡壘，作用是抵禦外族入侵。卡索夫在遼闊的馬車門前停下，敲了敲門。一個窺孔蓋滑開，站在鑄鐵柵欄後方的哨兵露出眼睛。

「是誰？」

「喬瑟夫・卡索夫，皇家禁衛隊隊長。我必須立刻見駐軍營長。這是陛下的命令。」

不到半個鐘頭之後，一小群士兵衝入皇家之心客棧，以軍事手段趕走洛文希爾姆的僕從。馬車夫、僕役和跑腿跟班帶著家徽和行李，被粗魯地押進他們的馬車，另換新馬拉車，被迫立即離開利托梅日采。押送人員把他們帶到距離城鎮十幾里路的荒郊野外。到了那裡之後，他們又被催促快馬加鞭趕往布蘭登堡，否則就要被送入大牢。下午即將過完，若以最快的速度趕路，他們還能期望在夜深之前抵達下一座城鎮。士兵蠻橫的作風讓這項任務執行起來明快逼真，可憐的僕從們被突如其來的狀況嚇得目瞪口呆，完全不需士兵囉嗦便自動逃跑。

堡壘的某座廳裡，卡索夫等待營長帶著士兵回來，得知計畫進行順利，十分滿意。他聽取營長的報告，頻頻點頭。

「您確定客棧老闆和員工都記取教訓了？」

「我敢替整個客棧打包票，也為自己擔保，隊長大人。」士官說。

卡索夫向他道謝，從外套口袋掏出裝著抽菸用具的小木盒。然後，對著大塊圓木上火光熊熊的壁爐伸長了腿，他開始填滿菸斗，氣定神閒，像個充實地過完一天的人。爐膛的另一側，營長又驚訝又敬佩地看著他的客人。營長名喚法朗茨．托可列夫，是個三十出頭的男人，體型健美，長相聰明。他尚未參與過任何重大戰役，但曾聽說不少卡索夫隊長在對抗鄂圖曼軍隊時所立下的顯赫戰功，能在堡壘招待這位老長官，他怎能不感到無比驕傲？何況駐守堡壘的日子，對他來說，實在太平靜了一點。對於訪客的描述，他不曾片刻懷疑，並立刻致力殷勤招待。卡索夫假稱奉國王之命，前來掃蕩一名對王國安全造成特殊威脅的危險人物。

「您怎麼沒帶隨從一起來呢？隊長？」他僅簡單問過一句。

「祕密任務。」卡索夫回答。「您了解我不能再多透露。我一定得獨自行動。同樣的道理，今天在利托梅日采所發生的事絕不可讓任何人知道。其實我並不清楚這件事大部分的來龍去脈。總之是那種我們大家都管不著的高級外交事務。此外，這根本無所謂，您和我一樣心知肚明，我們軍人的義務就是執行命令，而非評論命令。」

營長發自內心地深表贊同，更何況隊長以平等的態度對他，並未用年紀和官階來占便宜。而當卡索夫請他派部隊人手去清空客棧，把剛到的住客趕出城外，他完全帶著最高昂的熱誠服從照辦，深信這麼做就等於對國王效忠。

法朗茨．托卡列夫朝爐火彎下身，把一束從柴架掉出來的著火麥桿推回去。站直之後，他發現訪客的眼皮重得快要撐不住。想必他從布拉格騎了這麼長一段路，已經十分疲累。

「還有沒有什麼其他事情是我可以為您服務的？隊長？」他貼心地問。

「當然。」卡索夫微笑回應：「給我那匹年輕力壯的馬兒一桶燕麥吃，給我這個老頭兒一條被子蓋。」

「您在開玩笑，隊長！」年輕營長激動驚呼。「您是我的貴客。我馬上為您在瞭望塔的房間鋪一張床，您可以在那裡安穩地睡一覺。」

「這張沙發對我來說舒服得很。」卡索夫拍拍兩側的扶手。「我說真的，一床被子已非常足夠。況且，我打算一大早就出發，錯過我們那位紳士可就糟了！」

聽卡索夫決斷的語氣，法朗茨明白再堅持也沒有用。

「至少請容我邀您共享我的晚餐。就是一份簡單的軍營餐點，跟宮裡的精緻美食比起來當然不成敬意。」

「相信我，托卡列夫，比起一頓宮廷的宴席，吃一份士兵的簡餐是我更大的榮耀。我很高興接受您的邀請。」

卡索夫說的是真心話。經過一整天的騎乘，他已飢腸轆轆；而且他覺得這個年輕人善良可親，某些地方讓他想起馬泰烏斯。也許是那雙正直的眼神吧！不過有件事卡索夫並沒說出來：那就是，遠離精雕細琢的城堡，身處這座只有幾件簡陋家具的樸素建物，他覺得自己彷彿變年輕了。

皇家之心客棧裡，氣氛全然不同。洛文希爾姆一抵達，便詢問家僕的下落。他得到的回答是：他的僕從只停留了一餐飯的時間，隨後立即上路前往布蘭登堡公國。

「但就算是這樣，我的跑腿跟班也該給我留個訊息，寫封信才對……他沒有拜託您們轉告我任何事情嗎？」

「完全沒有，大人。」

「那我的行李呢？我的行李到哪裡去了？」

「所有東西都悉心搬運到馬車上了，大人。」客棧老闆按照士兵先前的指示，一字不漏地回答。

洛文希爾姆暴跳如雷，轉身詢問馬車夫。

「那你呢？你什麼都不知道嗎？我給僕人的命令十分清楚。出發之前他跟你是怎麼說的？」

「我不會說丹麥文，大人，而您的僕人一句捷克話也不會。在這種情況下，我們之間沒有什麼好說的……」

「那為什麼是你來為我駕車，而不是我以前那個馬車夫？」

「他在城堡的時候病倒了。急性痢疾。今天早上我臨時被指派，將您安全送達。」

「我用那個把他生出來的婊子，詛咒他的腸子全被吞個精光！」洛文希爾姆再也控制不了自己，咆哮起來。

他抓起放在桌上的一個陶土水罐，正想往地上砸，但客棧老闆的眼神阻止了他。這個男人筋肉強健，雙臂粗壯，想必是抬大酒桶練出來的，一雙豬一般的小眼睛詭異地盯著他看。他背後還出現伙計的身影，一個傻大個兒，目光凶惡，兩腳晃動，左右搖擺。即使洛文希爾姆身材魁梧，面對這些粗野的傢伙，也沒把握能打贏。他假裝查看陶罐裡裝了什麼，然後放回桌上，彷彿什麼也沒發生。沒有什麼事比掌控不了情勢更令他不高興。他不懂為何第一輛車的人員要改變行程。他們都是丹麥人，而他的跑腿跟班，打從為他辦事以來，執行命令時從未出過差錯。而且客棧的房間明明夠多，能讓所有人住下；他們進城時也沒有遇到任何麻煩。這一切都令人費解。一時之間，洛文希爾姆本想回到豪華馬車上，追趕那批逃走的家僕。不過天色已暗，這樣的冒險危機四伏。而且客棧老闆說得很清楚，他們很早就離開了，現在應該已經走遠。他也閃過請當地官員協助的念頭。若能把所有的怒氣發洩在地方主教或市鎮首長身上倒也不錯。但他衡量了一下，認為在布拉格發生的一切之後，最好別再製造新的事端。最後，儘管他煩躁不耐，也只得認了，強忍下這口氣。他命人帶他到房間，並要他們送一份晚餐上來。他打算隔天盡早出發，命令車夫在第一道曙光亮起時就備好車輛；然後，把自己關進房裡，用力甩上門，最後再一次發洩情緒。

儘管空氣較前晚更刺骨，黎明的燦爛陽光仍將鄉野染成一片金黃。夜裡露水凝成冰，路旁的野蕨披上一層細霜，閃爍晶亮。馬兒的鼻孔裡規律地噴出霧氣。馬車快速前進，車夫裹著暖和的束腰長袍，懷著甜蜜的淡淡哀傷，癡想昨夜在客棧女侍腿間度過的美好時光。窗簾拉上的車廂內，洛文希爾姆毫無欣賞風光的心情，無心陶醉引人入勝的景色。昨天大半個夜裡他都在失眠，客棧的爛床墊似乎比一路上的顛簸更讓他腰痠背痛。打從昨天的不順心以來，他的氣始終未消。他唯一的慰藉就是想像追上他的僕從之後要如何狠狠懲處。活活剝了他們三個傢伙的皮！車速突然慢下，把他從復仇的美夢拉回現實。豪華馬車失去向前衝奔的動力，最後完全靜止。車才剛停下來，車夫的臉就出現在窗格裡。

「發生了什麼事？」洛文希爾姆咆哮。

「有一棵樹橫躺在路上，大人。還好我及時看見，否則我們可能會翻車。」

「有土匪？」

「您動動腦子！假如是土匪，我們早就沒命了。」馬車夫回應，為自己開的玩笑哈哈大笑。「只是一棵小樹。我應該能搬開，沒有問題。給我幾分鐘。」

一陣冷風入侵車廂。洛文希爾姆扣上皮製窗簾，縮在座位深處。既然馬車夫能自己解決，就讓他去做吧！大使閉上眼睛，希望能趁機睡上幾分鐘。

馬車夫走近那棵樹，這才發現那樹幹只剩枯葉朽木，確實可以毫無困難地移開。這大樹應該是承受不住本身的重量才垮了下來。馬車夫開始把樹幹往樹林拖，看來是從那裡倒下的。總算移開樹幹，站起身時，他被嚇得呆立原地。被蟲蛀爛的根部後方幾步之處，卡索夫隊長就站在他面前，一根手指放在嘴唇中間，悄悄示意他不要出聲。然後他招手要車夫靠近。

「從現在開始，由我來負責大使閣下的旅程。」他低聲說。「我的馬綁在這片小樹林後面。讓你用，騎上馬背。我一出發，你就回到客棧等我。然後我們一起回布拉格。」

馬車夫熟知卡索夫的為人，當初多虧了隊長，他才能進皇家馬廄工作。明白隊長的要求之後，他點了個頭，二話不說，消失在小樹林裡。卡索夫快速跨了幾大步，回到豪華馬車旁，跳上車夫的位置，鬆開剎車，揮了一鞭，馬兒快步奔跑起來。

車輛突然起步，把洛文希爾姆從睡夢中驚醒，嚇了一大跳，咒罵馬車夫直來直往，不懂人情世故。他總可以先提醒一聲要出發了吧！狗屎敗類！他怒斥一聲，希望馬車夫聽得見。他對手下講話的語氣總是粗暴凶狠，並故意罵得不堪入耳。這麼做彷彿能慰藉他在名流社交圈中與大人物交談時被迫使用機智恭維和講究辭藻之累。洛文希爾姆就是那種人：藉著打壓別人以突顯自己偉大。

駛了大約十里路，豪華馬車突然離開大路，轉進一條狹窄的小徑。輪子繼續再轉了幾圈，連馬帶車彷彿整個被高大的松樹林吞沒，消失不見。卡索夫判斷已無需更往裡面深入，因為小徑愈來愈窄，馬車恐怕不容易回轉。他拉直韁繩，馬兒停下。

「又發生了什麼事？」洛文希爾姆怒喊，從車門伸出頭來，決定把馬車夫好好痛罵一頓。

不過，當他看見從駕駛座下車並立定在他面前的人時，一陣恐怖的涼意蔓延他全身。

「大使閣下的旅程到此結束。」卡索夫冷冷地對他宣布。

在某種防禦本能的驅動下，洛文希爾姆打開車門，跳下馬車。

「可請您解釋一下嗎？卡索夫？」

「如果你從自己身上找不到答案，又何必要別人告訴你！」

他突然改用「你」來稱呼，這個態度轉變已為大使說明了一切。階級甚至常規都不再構成問題，現在僅僅是一個男人對另一個男人的局面。而當他看見對方的手按在劍把上，他知道，這個男人要置他於死地。

「我可不是會平白無故殺人的兇手。」卡索夫又說，彷彿猜透了洛文希爾姆的想法。「你有機會救自己一命……」

說著這些話的同時，卡索夫的目光未從丹麥大使身上移開，一面伸手從馬車夫的座位上抽出一把長劍，丟給他的對手。洛文希爾姆從空中接住。他平時醜得驚人的臉，在恐懼作用之下，化為一張夢魘般的面具，就像是他本人變成了罪惡的化身。只差一點，理智過人的卡索夫幾乎開始相信魔鬼真的存在。但他寧可認為洛文希爾姆非常厭惡自己的長相，而且很可能他因為過度討厭自己，進而引發了對他人的恨意。

緩緩地，洛文希爾姆一步步離開他的華麗馬車，擴大行動範圍。從他尖銳的眼神可看出他是個習慣打鬥的人。他很快地分析地形環境，以便做出最佳的利用。卡索夫打心底欣賞。要是洛文希爾姆放棄抵抗，反而會令他生厭。他站穩馬步，任憑對手繼續畫圈。兩人周圍，整座森林似乎一片寂靜，僅聞他們腳下細枝裂響。偶爾一、兩次，馬蹄擦踢石頭，可聽見牠急躁地噴呼鼻息。突然，迅如閃電，洛文希爾姆朝卡索夫一劍劈下，隊長敏捷躲開，但在他卸下防備反擊時，卻沒看見對手從衣袖中抽出一把短刃，伸臂朝他的左臉刺來。卡索夫立刻感到自己被刺中，舌尖舔舐到從臉頰流下的鮮血。兩樣兵器對一把，奸徒才使的手段。剛才那一刺有可能弄瞎了他一隻眼或切開他的頸動脈。一陣狂怒驟然蔓延全身，但面對敵人的左右進攻，他卻只能東一個閃躲西一個虛招。對手似乎津津有味地享受占上風的快感。他再次出擊，但卡索夫側身一閃，避開了短刃的威脅。兩人一陣刀劍交鋒，接著各自試圖砍殺，但誰也沒能勝過對方。大使是一名完美的決鬥行家，無懈可擊地計算每次出手的距離，控制每一招的凶猛力道。而像卡索夫這種等級的對手正喜歡這樣的招數。不過他曉得，如今要光明正大地決戰已不可能。如果他想贏，就必須用詐術來對抗狡猾。他的救兵是一棵樹。洛文希爾姆的正後方，一株小松樹橫向伸出一段矮枝，差不多剛好在胸部的位置。若要成功，兩人必須對調位置。卡索夫掄著劍尖，轉出一圈漩渦，讓敵人一時迷失方向。卡索夫立即縱身一躍，跳到他想要的位置附近。對手撲來攻擊，他只得正面擋下，但由於蹲得夠快，逃過了這次短刃的刺殺。直起身的時候，他神不知鬼不覺地順勢後退，同時舉起用斗篷褶襬蓋住的左手臂，彷彿想把斗篷當成一張網。洛文希爾姆以為敵人使出這招的用意是趁著後退時掃他的腿。事實上，卡索夫是藉此遮住抵在他背後的松樹枝。樹枝彎曲如弓。他們又交手兩個回合，卡索夫費了好大的勁來抵擋。洛文希爾姆的眼睛裡閃耀著凶殘的喜悅。卡索夫繼續節節後退，努力從側面踢幾腳。大使覺得使出致命一擊的時候到了，虛晃一招之後，直指卡索夫心臟。他急速跨步向前一刺，但就在這個時候，卡索夫撲到地上，釋放被他壓彎的樹枝。樹枝一下子彈開，把洛文希爾姆迎面鞭個正著。被這麼猛力一打，他失去了平衡，往後摔個人仰馬翻。卡索夫早已站起，搶下對方跌倒時掉落的短刃。他怒氣沖沖地把匕首扔入荊棘叢中，同時舉劍戒備。從現在起，比鬥將以同等武器公平進行。但洛文希爾姆卻一動也不動。卡索夫向後跳開，等著敵人突然一記佯攻。他不敢輕舉妄動，劍指對手，氣喘吁吁，準備隨時進擊。洛文希爾姆仍然沒有動靜。卡索夫假裝繞行到另一個方位，一面保持警覺。他走了幾步之後停下。什麼也沒發生。沒有一點碎裂細響，也沒有一絲窸窸窣窣。一聲烏鴉叫劃破寂靜，宛如尖酸刻薄的嘲笑，逐漸消逝在遠方。卡索夫明白洛文希爾姆已死。

他靠近那副軀體，依然小心翼翼，用腳尖輕觸大使的手腕。長劍從他手中滑落。睜得大大的雙眼似乎瞪著松樹梢上的什麼。他的臉皺成一團，表情痛苦，但不再如平時一般呈現冷酷的神色。「真奇怪，」卡索夫心想，「他現在看起來反而比較有人性。」他湊近仔細檢查，發現一道血絲流到附近的青苔上。他的腦袋撞上石頭破裂，後頸折斷。驕傲自負的大使當場死亡，為一棵樹和一塊岩石所殺。卡索夫再次感到自己的嘴角淌血。他反摺衣袖擦拭，袖子染成紅色。傷口不深，他用大拇指壓住。在村鎮上，應該不難找到理髮師替他縫合。卡索夫隊長可不是受一點刀傷就大驚小怪的人。他再看了躺在他腳邊的屍體最後一眼。一群寒鴉飛來，在森林上空噪喊，權充給亡者的禱告，在卡索夫的耳裡聽來，宛如可憐的吉普沙啞刺耳的笑聲陣陣迴響。

他把長劍收入劍鞘，不疾不徐地走回四輪豪華馬車。馬兒在那裡乖乖地等待人類解決他們的事。卡索夫替牠裝上車具，輕輕地替牠套上轡頭。他喜歡馬。最後，他跳上駕駛座，揮拍一鞭：急著立刻離開森林。剩下的與他無關。剩下的屬於寒鴉與狼群。灰暗的天空開始灑落第一批雪花。

LOCUS

LOCUS